Samt und Seide

Frido Anders

SAMT & SEIDE

Verrückte Gefühle

Roman

Bibliografische Information Der Deutschen Bibliothek
Die Deutsche Bibliothek verzeichnet diese Publikation
in der Deutschen Nationalbibliografie; detaillierte
bibliografische Daten sind im Internet über
http://dnb.ddb.de abrufbar.

Der Roman »Verrückte Gefühle« basiert
auf der Fernsehserie »Samt und Seide« nach den Drehbüchern
von Michael Baier und Jürgen Werner
produziert von
NDF mbH für das ZDF

© by ZDF/ZDF-Enterprises GmbH 2004

1. Auflage 2004
Egmont vgs verlagsgesellschaft, Köln
Alle Rechte vorbehalten
Redaktion: Eva Neisser
Lektorat: Jutta Wallrafen
Produktion: Lisa Hardenbicker
Umschlaggestaltung: Alex Ziegler, Köln
Titelfoto: Laurent Trümper
Satz: Greiner & Reichel, Köln
Printed in Germany
ISBN 3-8025-3407-7

www.vgs.de

Die Rache

Kapstadt – Stadt der Widersprüche an der Südspitze des schwarzen Kontinents. Verschiedene Völker und Rassen trafen hier aufeinander, doch anders als die Wasser des Atlantischen und des Indischen Ozeans, die das Kap der Guten Hoffnung hier umspülten, durchmischten sie sich nicht. Während die schwarze Bevölkerung in den immer wieder von heftigen Unruhen erschütterten Townships am Stadtrand in einfachen Behausungen lebte, erfreute sich die reiche, zumeist weiße Oberschicht ihres Wohlstandes. Ihre großzügigen Villen lagen abgeschirmt an der Ostflanke des sich majestätisch über der Stadt erhebenden Tafelbergs.

Der von Staub und Schlamm bedeckte Landrover wirkte wie ein Irrläufer inmitten der in der Sonne glänzenden Geschäftshäuser. Vereinzelte Bauten im niederländischen Kolonialstil erinnerten an die wechselvolle Geschichte des bis in die jüngste Vergangenheit umkämpften Landes. Auf dem Beifahrersitz des Wagens saß der kaum gepflegter aussehende Stefan Gronewoldt, am Steuer sein treuer Freund und Mitarbeiter Bob Petersen. Im Laderaum befand sich ein Käfig, in dem ein junger Affe vorübergehend Aufenthalt bezogen hatte; er benötigte tierärztliche Versorgung.

Der Landrover erreichte die Wohnviertel der Reichen, wo er zwischen all den teuren Nobelkarossen, die wie auf Schienen durch die Straßen glitten, ohne die gedämpfte Ruhe zu stören, noch deplatzierter wirkte als in der belebten City. Er zog die misstrauischen Blicke mancher Bewohner auf sich; wohl niemand hätte vermutet, dass einer der ihren in dem verdreckten Wagen unterwegs war. Der Name Gronewoldt galt etwas in dieser Stadt, stand er doch für ein gewaltiges Firmenkonglomerat namens *Capeitron*, das sich über die Jahre mit wenig zimperlichen Methoden immer weiter vergrößert hatte.

Vor der Villa der Gronewoldts parkte bereits eine Reihe edler Gefährte, unter denen der verdreckte Jeep sich ausnahm wie ein Paar schlammiger Stiefel zwischen feinem italienischem Designerschuhwerk. Stefan biss sich auf die Unterlippe. Ihm wurde bewusst, wie viel ihn von dieser Welt inzwischen trennte. Er konnte sich kaum noch vorstellen, dass er jemals ein Teil von ihr gewesen war.

»Der verlorene Sohn kehrt heim«, sagte Bob Petersen an seiner Seite.

Stefan reagierte kaum, rieb sich nur das stoppelige Kinn. Die Analogie stimmte nicht; er hatte nicht vor, in den Schoß der Familie zurückzukehren. Und schon gar nicht würde man hier ein Lamm schlachten, um seine Rückkehr zu feiern. Auch ihm war nicht nach einer Feier zumute: Er wollte nur das Grab seiner Mutter besuchen, von deren Tod er viel zu spät erfahren hatte, und außerdem sein Erbe abholen.

Während Bob im Auto sitzen blieb, betrat Stefan mit gemischten Gefühlen die Villa. Von seinen Stiefeln bröckelte getrockneter Schlamm auf den blank polierten Marmor der Eingangshalle. Um wie viel heimischer fühlte er sich da in seiner bescheidenen Lodge im Buschland.

Seine Stiefschwester Katharina trat aus dem Wohnzimmer und kam ihm entgegen. Der strenge Zug um ihre Mundwinkel erschien Stefan jetzt noch ausgeprägter. Genau wie ihr kühler Blick und die steife Haltung ließ er darauf schließen, wie hart sie innerlich geworden war. Die beiden sahen sich einen Moment stumm an; dann umarmten sie sich.

»Mutter hat bis zuletzt auf dich gewartet«, sagte Katharina. »Als sie mich schon längst nicht mehr erkannte, hat sie noch immer deinen Namen gerufen.« Sie rang sich ein Lächeln ab, das von Bitterkeit getränkt war. »Du warst ihr Liebling – nur leider warst du nie da, wenn es darauf ankam.«

Stefan senkte den Blick. Seine Schwester hatte stets unter der Zurückweisung gelitten. Er selbst hätte gewünscht, seine Mutter hätte ihre Vorliebe für ihn wenigstens nicht so deutlich gezeigt. Katharina indes hatte nie der Mutter die Schuld dafür gegeben, sondern nur ihm. Sie hatte in seiner offenen Art, mit der er die Sympathie der Menschen gewann, eine absichtsvolle

Strategie gesehen, die dazu diente, sie um die Aufmerksamkeit anderer zu bringen. Stefan musste allerdings zugeben, dass er sich seiner Schwester gegenüber nicht immer richtig benommen hatte. Diese Fehler bereute er inzwischen jedoch von ganzem Herzen.

»Können wir nicht jetzt, nach Mutters Tod …?«

»Nein!«, unterbrach sie ihn. »Dafür ist es zu spät.«

Sie maß ihn mit einem kalten Blick.

»Kennst du das Testament?«, fragte er.

Sie lächelte schmallippig. »Nein. Aber du brauchst dich nicht zu sorgen. Sie hat aus ihrem letzten Willen ja nie ein Geheimnis gemacht. Und deshalb wissen wir, dass du die Kontrolle über *Capeitron* bekommst.«

Die beiden begaben sich ins Wohnzimmer; große Fenster gaben den Blick auf die Weite des Meeres frei. Dieser Ausblick war das Einzige, woran Stefan stets mit Wehmut zurückgedacht hatte. Bei Geschäftsfreunden hatte es als Auszeichnung gegolten, hierher eingeladen zu werden. Nach dem frühen Tod seines Vaters hatte die Mutter die Geschäfte übernommen und mit noch härterer Hand als ihr verstorbener Mann geführt. Daran hatte auch eine zweite Ehe, der Katharina entstammte, wenig geändert. Erst vor drei Jahren hatte sie das Zepter aufgrund einer schweren Erkrankung an ihre Tochter und deren Mann Pierre van den Loh weitergereicht, nachdem Stefan sich seinen Verpflichtungen ein Jahr zuvor entzogen hatte.

Heute hatten sich hier neben Stefan und Katharina der Familien- und Firmenanwalt Dr. Thomas Browning und der unvermeidliche Pierre van den Loh eingefunden. Pierre sah wie immer blendend aus. Er hielt einen Cognac in der Hand, vermutlich nicht der erste an diesem Tag, obwohl Mittag kaum vorüber war. Ein missgünstiger Blick aus seinen stechenden Augen traf Stefan.

»Warum bleibst du nicht bei deinen Tieren im Busch und lässt Katharina und mich weiter die Firma leiten?«, fragte er süffisant. »Von der Dividende hast du bisher doch auch ganz gut gelebt.«

»Ich will Land kaufen«, entgegnete Stefan ruhig. »Zwanzigtausend Acres, vielleicht auch mehr.«

»Willst du einen Staat gründen?«, spottete Pierre.

»Nein, ein Paradies für Tiere.«

Katharina ballte die Fäuste. Langsam trieb ihr Bruder seine Tierliebe, die sie wie ihre Mutter immer für eine Verrücktheit gehalten hatte, wirklich zu weit. Genügte es nicht, dass er draußen im Buschland zwischen all dem Getier lebte? Musste nun auch noch das gesamte Familienvermögen für seinen Spleen draufgehen? Das schien er jedenfalls geplant zu haben. Ihre Fäuste lösten sich: Vielleicht ergab sich aus dieser unsinnigen Verwendung ja auch eine Möglichkeit, das Testament anzufechten.

Um einer Eskalation des Streits zuvorzukommen, bat Dr. Browning die Versammelten sich zu setzen. Er wollte mit der Testamentseröffnung beginnen. Man nahm also in den schneeweißen Ledersesseln Platz. Der Anwalt übersprang den Teil, der allen Anwesenden bereits bekannt war und an dem die Verstorbene bis zuletzt nichts mehr geändert hatte: Neunundvierzig Prozent der Firmenholding *Capeitron* gingen an Katharina, einundfünfzig Prozent an Stefan. Pierre wollte sich schon angesichts dieser Ungerechtigkeit Luft verschaffen, doch Katharina brachte ihren Mann mit einem strengen Blick zum Schweigen.

»Der jetzt folgende Zusatz wurde neu in das Testament eingefügt«, erklärte Dr. Browning nun und begann zu verlesen: »Da ich zu der Überzeugung gelangt bin, dass Stefan in seiner derzeitigen Verfassung nicht dafür geeignet ist, die Verantwortung für die Firma zu übernehmen, verfüge ich, dass Katharina seine Anteile treuhänderisch verwaltet.«

Stefan saß wie vom Donner gerührt da; er traute seinen Ohren nicht. Was der Anwalt da verlas, kam faktisch einer Enterbung gleich. Pierre grinste vor unverhohlener Freude, während nichts an Katharinas Miene zeigte, welche Wirkung diese überraschende Wendung auf sie machte. Doch zweifellos musste auch bei ihr die Genugtuung groß sein.

Nach einer kurzen Pause fuhr Dr. Browning fort: »Stefan soll jedoch Gelegenheit bekommen, seine Reife als Geschäftsmann zu beweisen. Deshalb vermache ich ihm sämtliche Anteile, die ich an der deutschen Mode- und Textilfirma *ACF Augsburg* zu einem Preis von fünfunddreißig Euro je Aktie erworben habe. Der Preis ist danach dramatisch gesunken. Wenn es ihm gelingt, an der Börse den ursprünglichen Wert wieder zu erreichen, übernimmt er auch die Leitung von *Capeitron*.«

Wie erstarrt saß Stefan da. Der Traum von seinem eigenen Tierreservat schien damit geplatzt zu sein. Dass seine Mutter, die ihm in seinem Leben beinahe jeden Wunsch erfüllt hatte, ausgerechnet die Verwirklichung seines wichtigsten Traumes vereitelte, erfüllte ihn mit Zorn.

Da die Testamentseröffnung damit beendet war, erhoben sich Katharina und Pierre und verließen, strotzend vor Genugtuung, den Raum. Dr. Browning trat zu Stefan, der noch immer regungslos dasaß. »Ich habe nachgesehen«, sagte er. »Der Kurs der ACF-Aktie stand heute Morgen bei acht Euro neunzig. Wenn du sie alle verkaufst, sind das immerhin vier Millionen.«

»Ich brauche aber mehr, viel mehr.« Stefans Stimme klang brüchig. Er konnte Enttäuschung und Zorn nur mit Mühe beherrschen.

Tröstend legte Browning die Hand auf Stefans Schulter. »Du darfst deiner Mutter nicht böse sein. Sie hatte immer nur das Wohl der Firma im Auge.«

»Richtig!«, platzte es da aus Stefan heraus. »Was für ihre Kinder gut ist, war ihr dagegen völlig egal.«

»Sie hat dich geliebt.«

Stefan atmete schwer. Für einen Moment wich seine Wut der Trauer. »Und ich habe sie geliebt. Ich wünschte nur, wir hätten es uns auch zeigen können.«

Unerwartet fuhr Stefan hoch. Die erinnerungsträchtige Umgebung bedrängte ihn plötzlich; er musste hier raus. Nach einem hastigen Abschied von Dr. Browning eilte er nach draußen und stieg in den Landrover.

»Wie ist es gelaufen?«, fragte Bob sofort.

»Schlecht. – Fahr' schon, ich muss hier weg!«

Bob ließ den Motor an. »Und wo geht's hin?«

»Zum Friedhof.«

Während der Fahrt dorthin erzählte Stefan seinem Freund von der herben Enttäuschung, welche die

Nachlassregelung seiner Mutter für ihn darstellte. Sich dabei alles noch einmal zu vergegenwärtigen entfachte auch seinen Zorn aufs Neue. Bob war nicht weniger betroffen: Was sollte jetzt aus dem gemeinsamen Projekt werden?

Der Wagen war vor den Friedhofstoren kaum zum Stehen gekommen, als Stefan schon heraussprang. Er rannte zwischen Reihen blank geschliffener Grabsteine hindurch, bis er das monumentale Familiengrab erreichte, in dem die Gronewoldts schon seit Generationen zur letzten Ruhe gebettet wurden. Der Blumenschmuck, der den frischen Erdhügel bedeckte, war inzwischen welk geworden. Die Schrift auf dem Grabstein dagegen war noch vollkommen frisch: Vanessa Gronewoldt – Ruhe in Frieden.

»Was soll ich dir beweisen, Mutter?«, hielt Stefan der Toten entgegen. »Dass ich es noch kann? Firmen kaufen, zerstören und in Einzelteilen verhökern, um selbst reich dabei zu werden! Willst du mich dazu zwingen?«

Mit Grauen erinnerte sich Stefan an die Zeit, in der er für *Capeitron* gearbeitet hatte. Wie viele Existenzen hatte er zerstört, nur um des eigenen Profits willen? Wie viele Menschen waren seinetwegen auf der Straße gelandet? Die Herzenskälte, mit der seine Mutter sich über diese Schicksale hinwegsetzte, hatte ihn oft schaudern lassen. »Fressen oder gefressen werden«, hatte sie immer gesagt, »das ist nun mal der Lauf der Welt. Und wenn wir es nicht tun, dann tun es eben andere.« Anders als ihr war es ihm jedoch nie gelungen, sich gegen die moralischen Bedenken, die die Geschäftspraktiken von *Capeitron* herausforderten, zu immunisieren. Irgendwann erkannte er, dass er dabei vor die Hunde gehen würde. Er wollte nicht zu einem dieser Automaten werden, die ihr Gewissen endgültig zum Schweigen gebracht hatten und nur noch zum Wohle eines größeren Ganzen funktionierten, das sie nicht mehr hinterfragten. Deshalb hatte er sich von Familie und Firma losgesagt, um sich dem zu widmen, was ihm schon immer am meisten am Herzen gelegen hatte: dem Wohl der Tiere.

Stefans Wut schwand, und seine Trauer gewann die Oberhand. Er ging vor dem Grab in die Hocke, strich die Schärpe eines Kranzes glatt, auf der »In Love Forever« stand. Seine Trauer galt jedoch nicht nur der Toten. Er trauerte auch um den Verlust einer Hoffnung: Er hatte geglaubt, seine Mutter habe ihn irgendwann nicht mehr als Teil der Firma, sondern als ihren Sohn gesehen. Das allein hatte er sein wollen.

»Es gibt keinen Weg zurück«, sagte er schließlich. »Ich werde mein Leben leben. Du zwingst mich nur zu einem Umweg, mehr nicht.«

Stefan hob einen Kiesel von der Grabeinfassung auf. »Den bringe ich dir zurück, sobald ich mein Erbe angetreten habe«, sagte er. Dann verließ er den Friedhof. Während er in den Wagen stieg, ließ Bob den Motor an. »Und wohin jetzt?«, fragte der Schwarze.

»Erst in meine Wohnung. Ich muss ein paar Sachen packen. Und dann zum Flughafen. Ich fliege nach Deutschland.«

Bob sah ihn erstaunt an. »Dann tust du es also?«

Stefan sah nachdenklich aus dem Fenster. Dann nickte er.

Noch ahnte man im beschaulichen Augsburg nicht, welche Gewitterwolken sich jenseits des südlichen Horizontes zusammenbrauten. Als ob man nicht auch so schon Sorgen genug gehabt hätte! Erst ein paar Monate waren vergangen, seit Lena den von Max Roemer vermittelten Kredit der *SB-Bank* auf eine, wie der Bänker fand, schnöde Art und Weise zurückgewiesen hatte. Und nun war *Althofer* schon wieder in finanzielle Bedrängnis geraten.

Die allseits bejubelte Vereinbarung mit *Merkentaker & Ande* konnte, wie sich nun herausstellte, leicht zum Fallstrick werden, wenn die Näherei in Wasserburg ihre Produktivität nicht erhöhte. Denn nur so waren die engen Terminvorgaben einzuhalten. Doch um dies zu erreichen, bedurfte es einer weiteren Zuschneidemaschine, damit die Nähplätze besser ausgelastet waren. Da die Finanzdecke aber nur für den Bedarf des laufenden Geschäftes reichte und keine Mittel für derlei Sonderausgaben vorhanden waren, stand die Notwendigkeit einer Kreditaufnahme erneut im Raum. Alle waren dafür, sogar Holzknecht musste zugeben, dass dies sinnvoll sein könnte. Trotzdem unterstützte er zunächst Lena, die eine Abneigung gegen geliehenes Geld hatte und sich mit aller Kraft gegen die Aufnahme eines Kredites wehrte. Sie schlug stattdessen vor, die Arbeitsabläufe in Wasserburg zu optimieren.

Für Roland indes war klar: Selbst wenn dies gelingen sollte, würde es nicht reichen; frisches Geld für Investitionen war vonnöten. Um auf Lena einwirken zu können, bat er sogar Wilhelm, von Mallorca nach Augsburg zu kommen. Wilhelm hatte nichts dagegen einzuwenden, im Gegenteil: Das Leben auf der Ferieninsel begann trotz der Arbeit im Hotel allmählich eintönig zu werden. Ihm fehlten zuweilen die Turbulenzen, die seinem früheren Leben eine besondere Würze verliehen hatten. Und natürlich vermisste er all die Menschen, die ihm in vielen Jahren ans Herz gewachsen waren.

Als er endlich wieder Augsburger Luft schnupperte, fühlte er sich gleich viel lebendiger; und beim Anblick der Firmengebäude hüpfte ihm sogar das Herz in der Brust. Er begrüßte die alten Bekannten mit solch einer überschäumenden Herzlichkeit, als sei er nicht ein paar Monate, sondern viele Jahre weggewesen. Vor der Verwaltung begegnete ihm Marion, die sich für ein paar Stunden freigenommen hatte. Wilhelm hatte sie erst auf den zweiten Blick erkannt, denn sie trug ihr Haar jetzt anders: kürzer und in würdevollem Grau.

»Steht dir gut«, fand Wilhelm schmunzelnd.

Sie nickte nur verhalten; Freude über das Kompliment war auf ihrem Gesicht nicht abzulesen. Wilhelm konnte sich schon denken, wieso: Die Sache mit dem Heiratsschwindler Werner Bartke hing ihr wohl noch nach, auch wenn der vor kurzem gefasst worden war und nun in Untersuchungshaft saß. »Bist du noch immer nicht darüber hinweg?«, fragte er mitfühlend.

Marion zögerte. »Eigentlich schon. Aber ... er hat mir aus dem Gefängnis geschrieben. Er will, dass ich ihn besuche.«

»Das wirst du doch nicht tun«, sagte Wilhelm streng und ergriff Marions Hand. Die Zögerlichkeit in ihren Worten alarmierte ihn. »So jemand ändert sich nicht.

Er wird nur versuchen, dich wieder um den Finger zu wickeln.«

»Das weiß ich doch«, entgegnete Marion, nun ein wenig fester. Und doch klang es nicht so, als sei sie entschlossen, sich dem Sirenenruf des Betrügers zu verweigern. »Lass mich nur machen«, fügte sie hinzu, »ich weiß schon, was ich tue.«

Hoffentlich, dachte Wilhelm.

In der Verwaltung traf er Dr. Holzknecht und Roland. Roland bedrängte ihn, er solle bei der Besprechung nachher unbedingt auf Lena Druck ausüben, damit sie der Kreditaufnahme endlich zustimmte. »Wir können uns keine weitere Verzögerung leisten, sonst sind wir raus aus dem Geschäft mit *M & A*«, warnte Roland. »Von der saftigen Konventionalstrafe will ich gar nicht reden; davor kann uns nicht mal Manuela bewahren.«

Wilhelm sah seinen Sohn erstaunt an. »Manuela?«

»Frau Pfisterer«, präzisierte Roland nach einem verlegenen Räuspern.

»Die Chefeinkäuferin bei *Merkentaler & Ande*«, fügte Holzknecht hinzu.

Wilhelm hätte lieber erst alleine mit Lena gesprochen, doch da sie erst kurz vor der Besprechung aus Wasserburg zurückkehren würde, würde es dazu wohl keine Gelegenheit geben. Er vermisste schmerzlich den Beistand seines Freundes August Meyerbeer, der noch immer bei Birgit in Amerika war. Die Behandlung schien anzuschlagen, in kleinen Schritten zwar, aber immerhin.

Die bis zur Besprechung verbleibende Zeit wollte Wilhelm für einen Rundgang durch die Firma nutzen, um sich seine alte Wirkungsstätte anzusehen. Er wollte sich jener süßen Melancholie, zu der er sein ganzes Leben geneigt hatte, der Wehmut über das Aufgegebene und über die Vergänglichkeit des Lebens überhaupt, ein wenig hingeben.

Die Stille im Besucherraum des Untersuchungsgefängnisses bedrückte Marion. Ebenso die äußerste Kargheit, die hier herrschte: kahle, schmucklose weiße Wände, ein Tisch, zwei Stühle, ein weiterer Stuhl bei der Tür. Von draußen drangen nur wenige Geräusche herein; sie schienen aus einer anderen Welt herüberzuhallen.

Da vernahm Marion schwere Schritte auf dem Gang. Wenig später wurde die schwere Tür auf der anderen Seite des Raumes aufgeschlossen: Ein Vollzugsbeamter brachte Werner herein, führte ihn an den Tisch und ließ ihn sich setzen. Er selbst nahm auf dem Stuhl an der Tür Platz und versuchte, sich so gut wie möglich unsichtbar zu machen, ohne es an der geforderten Aufmerksamkeit fehlen zu lassen.

Marion war beim Anblick des Mannes, den sie vor noch gar nicht so langer Zeit leidenschaftlich geliebt hatte, heftig erschrocken. In der einfachen Anstaltskleidung wirkte er völlig anders; er schien reduziert auf das, was er eigentlich war: ein Verbrecher.

Werner Bartke wollte etwas sagen, kam aber nicht dazu, denn er musste heftig niesen. Mit einem grauen Anstaltstaschentuch putzte er sich die Nase. Erst als er schließlich zu reden begann, mit dieser melodischen, samtweichen Stimme, erkannte Marion, dass er noch ganz der Alte war.

»Du siehst wunderschön aus, Marion«, schmeichelte er.

»Spar dir deine Komplimente«, fuhr sie ihn an.

Bartke zuckte kurz zusammen. »Das ist alles ein riesengroßes Missverständnis!«, verteidigte er sich dann. »Ich habe niemanden betrogen. Ich war auch nie verheiratet, nur verlobt. Was kann ich dafür, dass diese Beziehungen nicht funktioniert haben?«

Die Suada wurde jäh durch neuerliches Niesen unterbrochen; er zückte wieder das Taschentuch. »Ein Heuschnupfen«, erklärte er. »Schlimm.« Er brauchte eine Sekunde, bis er wieder in die richtige Spur kam. »Unser Haus in der Toskana gibt es wirklich, Marion«, versicherte er. »Wenn du mich hier heraushost, mache ich dich zur glücklichsten Frau der Welt. Das verspreche ich dir!«

Marion sah ihn erstaunt an. Wie sollte sie ihn aus dem Gefängnis holen?

»Ich brauche den besten Anwalt, der für Geld zu haben ist«, erklärte er.

Wie Marion sogleich erkannte, meinte er damit natürlich ihr Geld. »Selbst wenn ich dazu bereit wäre«, sagte sie, »so könnte ich es nicht. Ich habe dir bereits mein ganzes Geld gegeben.«

Er neigte sich ein wenig näher zu ihr, sah ihr in die Augen und fragte: »Und du könntest dir nichts leihen? Bei Freunden? Oder bei der Bank?«

Marion schüttelte den Kopf. »Was hast du denn mit meinem Geld gemacht?«

»Das ging alles für das Haus drauf.«

»Ach, Werner«, seufzte sie plötzlich und sah ihn voller Bedauern an, »ich würde dir so gerne helfen. Wenn sich das alles aufklären würde und du unschuldig wärst, dann könnte alles wieder so werden, wie es war. Wir könnten glücklich sein in unserem Haus in der Toskana.«

Werners Augen wurden unruhig. Es war offensichtlich, dass ihm etwas durch den Kopf ging. Schließlich richtete er den Blick wieder fest auf Marion. »Ich kann dir doch vertrauen?«, fragte er.

»Wem, wenn nicht mir?« Ihre Miene verklärte sich. »Ich liebe dich, Werner.«

Bartke beugte sich noch weiter vor und dämpfte die Stimme. Der Wärter tat so, als achte er nicht darauf, doch er spitzte die Ohren. »Ein paar Ersparnisse habe ich noch. Sie liegen in einem alten Bauernhaus, nicht weit von hier.« Er wurde erneut von einem Niesanfall unterbrochen. Dann beschrieb er Marion im Flüsterton, wie sie den Bauernhof und das Versteck seiner letzten Ersparnisse finden konnte.

Lena wusste, dass sie bei der Besprechung einen schweren Stand haben würde. Sie konnte einfach nicht begreifen, wieso bei jedem Engpass sofort nach fremdem Geld geschielt wurde, statt erst einmal über mögliche Alternativen nachzudenken. Lena war am Morgen nach Wasserburg gefahren, um diese Alternativen zusammen mit dem dortigen Direktor Heidenreich auszuloten. Und sie brachte Ergebnisse mit, die sich sehen lassen konnten.

Als sie nun das Konferenzzimmer in der Villa betrat, fand sie Wilhelm alleine vor. Roland dagegen telefonierte noch nebenan. Lena hatte bereits davon gehört, dass ihr Vater zu einer Stippvisite nach Augsburg gekommen war, und zwar vor allem um Roland Schützenhilfe zu geben. Deshalb mischte sich ein Wermutstropfen in ihre Wiedersehensfreude.

»Wieso lässt du dich von Roland einspannen?«, fragte sie, nachdem sie sich begrüßt hatten.

»Weil er Recht hat«, entgegnete Wilhelm.

Sein Name war kaum gefallen, als Roland hereinkam, offenbar in bester Laune. »Ich habe gerade mit August telefoniert«, berichtete er. »Birgit hat ihn zum ersten Mal wiedererkannt und sogar mit ihm gesprochen.«

Diese gute Nachricht ließ für einen Moment den eigentlichen Grund der Zusammenkunft in den Hintergrund treten. Bald jedoch besann man sich wieder auf die anstehenden Probleme: Lena legte dar, wie sie den Arbeitsablauf in Wasserburg gemeinsam mit Direktor Heidenreich neu strukturiert hatte, was zu einer um fünfzehn Prozent besseren Auslastung der Maschinen führen sollte. Nicht genug, wie Roland fand; dem war kaum zu widersprechen.

»Wieso muss es unbedingt eine neue Zuschneidemaschine sein?«, fragte Lena daraufhin. »Eine gebrauchte würde es doch genauso tun. Und die könnten wir uns ohne Kredit leisten.«

»Erst mal müssen wir auf die Schnelle eine finden«, wandte Roland ein. »Und selbst wenn das klappen würde, bräuchten wir jemanden, der sie auch installieren kann; Wieland ist damit jedenfalls überfordert. Und unsere Stellenanzeige war bis jetzt erfolglos.«

Schon seit längerem suchte die *ACF* jemanden, der sich mit der elektronischen Steuerung der Maschinen auskannte. Neue Programme waren mit alten Maschinen kombiniert worden, und so hakte es immer mal wieder. Dies jedoch führte zu Ausfallzeiten, die man sich in dieser angespannten Lage noch weniger leisten konnte als sonst.

Lena seufzte. Sie verstand nicht, wieso Roland sich überhaupt nicht auf ihre Argumente einließ. Hilfe suchend wandte sie sich an Wilhelm: »Ich komme mir vor wie ein Heißluftballon, der abheben will«, sagte sie, »dem aber dauernd Sandsäcke aufgeladen werden, damit er am Boden bleibt.«

Wilhelm lächelte milde. »Ohne Sandsäcke lässt sich ein Heißluftballon aber nicht steuern«, erwiderte er, »und ohne Finanzierung kein Betrieb.«

Lena hatte genug; sie waren an einem toten Punkt angekommen. Außerdem hatte sie noch andere Dinge zu erledigen. Sie erklärte die Besprechung für beendet, nahm ihre Tasche und wollte gehen; doch Roland trat ihr in den Weg.

»Versteh mich doch, Lena«, bat er sie. »Ich hab' Angst, dass unser Umsatz wieder einbricht.«

»Und was nützt uns der ganze Umsatz, wenn wir unseren Gewinn in Form von Zinsen an die Banken weitergeben?«

Damit verließ sie den Raum; nur ihre Schritte im Flur waren noch zu hören. Roland wandte sich zu seinem Vater um. »Sie ist so ein Dickkopf!«, rief er entnervt aus.

Wilhelm konnte nicht umhin aufzulachen. Das war

sie in der Tat, genau wie Roland auch. Nur dass sein Sohn diesmal Recht hatte. Er vertraute aber darauf, dass Lena dies bald einsehen würde. Sie mochte ein Dickkopf sein, unvernünftig war sie jedoch nicht.

Wilhelm legte seinem Ältesten die Hand auf die Schulter. »Lass uns heute Abend im Ratskeller ein Glas Wein auf Birgits Genesung und ihre baldige Rückkehr trinken«, schlug er vor.

Roland sah ihn an. »Birgits Rückkehr«, hallte es in seinem Kopf nach. Daran hatte er gar nicht gedacht. Wie sollte es dann mit Manuela weitergehen? Für ihn war klar, wem seine wahre Liebe galt: Birgit. Aber Manuela ausgerechnet jetzt vor den Kopf zu stoßen, da *Althofer* Schwierigkeiten mit den Lieferfristen hatte und möglicherweise auf ein Entgegenkommen vonseiten *Merkentaler & Ande* angewiesen war, war sicher nicht besonders klug. Blieb nur zu hoffen, dass bis zu Birgits Rückkehr noch ein wenig Zeit war – jedenfalls genug, bis die derzeitigen Probleme gelöst waren.

Das Glück schien auf Stefans Seite zu sein: Er hatte die lange Flugzeit totgeschlagen, indem er eine deutsche Zeitung von vorne bis hinten durchgelesen hatte. Stefan sprach Deutsch wie seine Muttersprache, denn Vanessa Gronewoldt hatte einen deutschen Vater gehabt und ihre Kinder auf deutsche Schulen geschickt. Bei seiner Lektüre jedenfalls war Stefan auf eine Anzeige der *ACF* gestoßen; ein Elektronik-Fachmann wurde gesucht. Das hatte ihn auf eine Idee gebracht: War es nicht besser, die Firma von innen heraus kennen zu lernen, statt als Mehrheitsaktionär aufzutreten und den Widerwillen von Vorstand und Belegschaft zu provozieren? Wenn er die Firma und ihre Abläufe erst einmal kannte, war er auf niemanden mehr angewiesen und konnte auch nicht so leicht hinters Licht geführt werden.

Sein Plan war also schnell gefasst: Er würde sich auf die Anzeige hin vorstellen und seine wahren Beweggründe erst einmal verbergen. Um sich die nötigen Referenzen zu verschaffen, rief er noch am Flughafen bei Geschäftsfreunden in Deutschland an, die ihm auch persönlich verbunden waren. Er bat sie, bei Nachfragen von Seiten der *ACF* entsprechende Auskünfte zu erteilen und seine wahre Identität als Kronprinz von *Capeitron* unter allen Umständen zu verschweigen.

Mit dem Taxi fuhr er von München nach Augsburg; an der Pforte ließ er sich den Weg zur Verwaltung zeigen. Sein Gepäck in der Hand, machte er sich auf den Weg und betrat schließlich gespannt das Gebäude. Auf dem Flur vor den Büros stieß er mit einer jungen Frau zusammen, die offenbar so sehr in ihre Gedanken vertieft war, dass sie ihre Umwelt darüber ganz vergessen hatte. Der Zusammenstoß schreckte sie auf, und Stefan sah in wundervolle blaue Augen. Auch der Rest gefiel ihm: die blonden Haare, die schlanke Figur.

»Sie sollten Ihrer Umwelt mehr Beachtung schenken«, ermahnte er sie in ironischem Ton, »schon in Ihrem eigenen Interesse.«

»Vielen Dank für die Belehrung«, kam es sarkastisch zurück.

Da klingelte ihr Handy. Sie nahm ab und ging während des Gesprächs weiter, ohne Stefan noch eines weiteren Blickes zu würdigen. Dieser schaute ihr schmunzelnd nach, bis sie hinter einer Ecke verschwunden war; sie musste wohl eine Angestellte hier sein. Wie hätte er auch ahnen können, dass er eben mit Chefdesignerin und Vorstandsmitglied Lena Czerni zusammengestoßen war.

Stefan betrat das Vorzimmer, wo Marion Stangl sich nach ihrem kurzen Ausflug ins Gefängnis wieder eingefunden hatte. Er schilderte der Sekretärin sein Anliegen und wurde in Holzknechts Büro geführt. Wilfried kam sogleich auf ihn zu, streckte ihm die Rechte entgegen und stellte sich vor.

»Stefan Gronewoldt.« Erwiderte Stefan und bemerkte, dass Wilfried ihn kritisch musterte. Die fleckige Cargohose und das verknitterte Hemd waren in der Tat nicht dazu geeignet, ihn für eine Arbeitsstelle zu empfehlen; Zeit zum Rasieren hatte er auch keine gehabt. »Verzeihen Sie meinen Aufzug«, entschuldigte er sich, »aber ich habe Ihre Anzeige auf meinem Nachtflug nach Deutschland gelesen und bin ohne Umweg hierher gefahren.«

»Wo kommen Sie denn her?«, fragte Holzknecht.

Stefan erzählte nun, was er sich als Legende zurechtgezimmert und mit seinen Geschäftsfreunden abgestimmt hatte: Er habe in den USA für eine Firma gearbeitet, die sich mit ihrem letzten Auftrag leider übernommen habe und daran pleite gegangen sei, und habe vor allem Erfahrungen mit galvano-technischen Automaten und Werkzeugmaschinen. Wilfried fragte, ob er sich die Arbeit mit Textilmaschinen zutraue. Daraufhin belehrte Stefan ihn, dass die Hauptelektronik bei all diesen Automaten im Prinzip gleich funktioniere, er könne sich also innerhalb weniger Tage einarbeiten.

»Haben Sie irgendwelche Referenzen?«, wollte Wilfried nun wissen.

»In Anbetracht der Eile habe ich natürlich nichts Schriftliches bei mir. Ich bin eben ein spontaner Mensch.« Stefan notierte ein paar Firmennamen und Telefonnummern auf einem Zettel und schob diesen über den Schreibtisch. »Dort wird man ihnen alles über mich erzählen, was Sie wissen wollen.«

Wilfried betrachtete die Firmennamen. Einige davon kannte er; es handelte sich ausschließlich um renommierte Unternehmen mittlerer Größe. Er steckte den Zettel in die Brusttasche seines Hemdes. »Und wann könnten Sie anfangen?«

Stefan zuckte die Schultern und lächelte. »Wenn Sie wollen, sofort. Wie gesagt, ich bin ein spontaner Mensch.«

Wilfried betrachtete Stefan nachdenklich. Der Mann machte einen seltsam zwiespältigen Eindruck auf ihn. Einerseits wirkte er offen, andererseits tauchte er nur aufgrund einer Anzeige plötzlich hier auf; er hatte noch nicht einmal vorher angerufen. Wenn er wirklich so qualifiziert war, wie es den Eindruck machte, war diese Eile nicht nötig, denn fähige Elektroniker wurden überall gesucht. Doch schließlich schob Wilfried alle Bedenken beiseite. Er konnte es sich nicht leisten, den Mann wieder wegzuschicken, zumal auch in der Design-Abteilung ein Software-Spezialist dringend gebraucht wurde. Uwe Lieber hatte sich nämlich einige

Wochen freigenommen, um Chris Gellert bei aufwändigen Fotoarbeiten in Nordafrika zu unterstützen.

»Dann sollten wir uns noch wegen Ihres Gehalts einigen«, sagte Wilfried.

Stefan lächelte zufrieden.

Jörg Tetzlaff hatte sich bei Lena abgemeldet, weil Frau Stangl etwas mit ihm vorhabe, wie er sich ausdrückte. Durch diese zweideutige Formulierung hatte er natürlich sogleich den Spott der Damen im Nähatelier auf sich gezogen, insbesondere den Natalies, die es liebte, ihn zu necken. Und er ließ sich das auch gerne gefallen, denn er mochte sie ebenso wie sie ihn und zahlte es ihr mit gleicher Münze zurück.

Nun wartete Jörg in seinem Wagen vor der Verwaltung; er hatte keine Ahnung, wozu Marion ihn brauchte. Sicher nicht zu dem, worauf Natalie scherzhaft angespielt hatte – aber was war es dann?

Marion erschien und stieg zu ihm in den Wagen. An der Pforte mussten sie kurz anhalten, bis Kunze den Schlagbaum hochgefahren hatte. Mürrisch schaute er ins Wageninnere; Marion würdigte ihn keines Blickes. Sie hatte zuerst ihn um Hilfe gebeten, doch als er erfahren hatte, dass ihr Vorhaben mit Werner Bartke zu tun hatte, hatte er auf stur geschaltet. »Ich helfe dir nicht auch noch dabei, wie du dich endgültig unglücklich machst«, hatte er gesagt. Marion ärgerte, dass er sie wie ein Kind behandelte, nach der Sache mit Werner noch mehr als früher. Dabei wusste er gar nicht, was sie vorhatte.

»Wo fahren wir eigentlich hin?«, fragte Jörg, während sie, nachdem sie Leos Kiosk passiert hatten, auf die Straße einbogen.

»Aufs Land«, antwortete Marion. »Wir müssen dort etwas abholen.«

»Und was?«

»Werners Geld.«

Das Ziel der Fahrt lag im hügeligen Umland Augsburgs. Marion folgte genau der Wegbeschreibung, die Werner ihr gegeben hatte. Als endlich der verlassene kleine Weiler auf dem Hügelkamm auftauchte, wusste sie, dass sie angekommen waren.

Der Wagen rollte die mit Schlaglöchern übersäte, nicht asphaltierte Zufahrtsstraße zu dem Gehöft hinauf. Vor dem baufälligen Bauernhaus hielt Jörg an. Stall und Wohnhaus bildeten einen gemeinsamen Gebäudetrakt. Ein kleines Stück abseits stand eine Scheune, die in einem kaum besseren Zustand war: An allen Wänden bröckelte der Putz großflächig ab, das Dach wies zahlreiche Löcher auf.

Werner hatte Marion gesagt, das Geld befinde sich im Haus, in einem kleinen Raum unter der Treppe. Während sie davor wartete, begab Jörg sich hinein. Mit jeder Bewegung wirbelte er Staub auf, Spinnweben verfingen sich in seinem Haar und hefteten sich an seine Kleidung. Er fühlte sich äußerst unbehaglich, aber zum Glück war er kein ängstlicher Mensch.

»Es müsste in einem Hohlraum unter einem Brett liegen«, rief Marion ihm von draußen zu.

Jörg testete sämtliche Bretter, sie waren alle ziemlich morsch. Eines jedoch ließ sich mühelos wegschieben; darunter wurde Jörg tatsächlich fündig. Doch es war ein enttäuschend kleines Geldbündel. Als er es Marion überreichte, zeigte sie kein Anzeichen von Freude. Sie zählte rasch; fünftausend Euro – wo war der große Rest? Allein ihr hatte Werner hundertachtzigtausend Euro abgenommen; und sie wusste noch von weiteren Frauen, die er geschädigt hatte. Sämtliche seiner Konten waren jedoch leer gewesen.

Die beiden verließen das Haus. Jörg musste plötzlich heftig niesen. »Sorry«, entschuldigte er sich, »eigentlich kriege ich nicht so leicht einen Heuschnupfen. Aber hier kommt es so geballt –« Er nieste erneut.

Heuschnupfen, dachte Marion. Werner hatte bei ihrem Besuch auch ständig geniest. Wie war das möglich? Im Gefängnis holte man sich keinen Heuschnupfen. »Heu«, klang es in ihrem Kopf nach; ihr Blick fiel auf die Scheune.

Nachdem er mit Paul Wieland einen Rundgang durch die Fertigungshallen gemacht hatte, ließ Stefan sich von diesem den Weg zur Design-Abteilung beschreiben, wo es ebenfalls Software-Probleme gab. Er war zwar kein Spezialist für die dort verwendeten Spezialprogramme, hatte sich aber gerne bereit erklärt, sich die Sache einmal anzusehen.

Als er das Studio betrat, fiel ihm sogleich Lena ins Auge. Sie jedoch bemerkte ihn nicht, denn sie war damit beschäftigt, einen Teil eines Schnittes mit Nadeln auf einem Stück Stoff zu befestigen, um ihn anschließend mit Kreide zu übertragen. Natalie, deren Bauch sich selbst unter dem weiten Kleid unübersehbar hervorwölbte, ging ihr dabei zur Hand. Stefan war erfreut, die hübsche junge Frau so bald schon wieder zu treffen. Sie ist also eine Näherin, dachte er.

»So schnell sieht man sich wieder«, begrüßte er Lena. Die schaute auf, sagte aber nichts. Deshalb fuhr Stefan fort: »Mein Name ist Stefan Gronewoldt. Ich soll mir den Design-Computer ansehen.«

Ohne ihm zu antworten, schob Lena Natalie vor. »Machst du das mal?« Natalie kannte ihre Freundin gut genug, um zu wissen, dass Stefan genau ihr Typ war. Wie sie ihn angesehen hatte! Da bedurfte es keines weiteren Kommentars; Natalie konnte den Funkenflug regelrecht spüren. Allerdings verspürte Lena zurzeit wenig Neigung, in ihrem Herzen zu zündeln, was nach den Erfahrungen mit Max Roemer, aber auch mit Chris nicht verwunderlich war.

Natalie führte Stefan zum Computer und erklärte, wo der Fehler lag. Das Programm behauptete, der Speicher für die Stoffdesigns sei leer, obwohl dort über vierhundert Muster abgelegt waren.

»Vielleicht hat er ja etwas gegen Sie«, stichelte Stefan mit Seitenblick auf Lena.

»Sehr witzig«, gab diese zurück, ohne von ihrer Arbeit aufzublicken.

Stefan setzte sich an den Schreibtisch und begann auf der Tastatur zu tippen. Lena konnte nicht widerstehen, ihn von Zeit zu Zeit kurz zu beobachten. Er gefiel ihr; Grund genug, keinen Gedanken an ihn zu verschwenden. Wenn da nicht dieses verdammte Kribbeln in ihrem Bauch gewesen wäre.

»Fertig«, sagte Stefan nach einiger Zeit. »Jetzt müsste es eigentlich wieder funktionieren.«

»Das ging ja schnell«, meinte Natalie erstaunt und machte sofort einen Versuch. Sie konnte tatsächlich wieder auf den Speicher mit den Designs zugreifen. »Sie sind unser Retter!«, jubelte sie.

Während sie sich daranmachte, die liegen gebliebenen Arbeiten zu erledigen, trat Stefan zu Lena. »Unsere erste Begegnung war ein wenig unglücklich«, sagte er. »Geben Sie mir trotzdem eine zweite Chance?«

Lena schwieg und arbeitete unablässig weiter; doch ihr Puls beschleunigte sich.

»Arbeiten Sie schon lange hier?«, fragte Stefan.

»Sieben Jahre.«

»Dann muss es Ihnen hier gefallen.«

»Bis Sie kamen, war es ganz nett.«

Er sah sie erstaunt an. Meinte sie das wirklich? Ging er ihr tatsächlich so auf die Nerven?

Da sah Lena ihn endlich an und lachte. »Das war nur ein Scherz!«

Was für ein wunderbares Lachen sie hat, dachte Stefan.

Da meldete sich Natalie zu Wort. »Ich will ja nicht stören«, sagte sie, »aber mir fällt eben ein, dass ich dir etwas von unserem lieben Herrn Tetzlaff ausrichten soll: Er hat die Unterlagen, die du für die morgige Vorstandssitzung haben wolltest, auf seinen Schreibtisch gelegt; du kannst sie dir dort holen.«

Stefan zog die Brauen hoch. Vorstandssitzung? Es schien so, als habe er Lena deutlich unterschätzt. Aus großen Augen sah er sie an.

»Ist was?«, fragte Lena.

Er schüttelte den Kopf. »Nichts.«

Marion saß im Besuchsraum des Untersuchungsgefängnisses und wartete. Alles sah so aus wie bei ihrem letzten Besuch – der Tisch, die Stühle. Durch das Fenster fiel fahles Sonnenlicht herein. Und doch hätte der Unterschied kaum größer sein können.

Schritte auf dem Gang drangen zu ihr, die Tür wurde aufgeschlossen und Werner kam in Begleitung eines Polizisten herein. Als er Marion erblickte, hellte sich seine Miene auf. Er fiel auf den Stuhl und wartete nicht einmal, bis der Polizist sich an der Tür hingesetzt hatte, sondern fragte sofort begierig: »Hast du das Geld?«

Marion nickte. »Ich habe es gefunden.«

Werner atmete auf; seine letzte Hoffnung – vielleicht wurde doch noch alles gut. Er war schließlich nicht mehr der Jüngste und hatte keine Lust, die letzten schönen Jahre, die ihm noch blieben, in der Zelle eines Gefängnisses zu verbringen. »Ich wusste, dass ich mich auf dich verlassen kann«, sagte er erleichtert. »Wo hast du das Geld?«

Marion zog einen Beutel aus der Handtasche. Als Werner ihn sah, erschrak er. War das nicht der Beutel, in dem er den Löwenanteil seiner Beute in einem zweiten Versteck unter den Heubündeln versteckt hatte? Wie kam Marion dazu? Ihm schwante Schlimmes.

Marion genoss das Erstaunen auf seinem Gesicht und sah, wie er immer blasser wurde; ihm dämmerte, dass sie keineswegs das Dummchen war, das er in ihr vermutet hatte.

»Du siehst richtig«, sagte sie kühl, »ich habe auch das andere Versteck gefunden. Ich bin nur gekommen, um reinen Tisch mit dir zu machen. Hundertachtzigtausend Euro hast du mir abgenommen; hunderttausend Frau Weyrich; hundertzwanzigtausend dieser Galeristin in Frankfurt.«

Werner wollte etwas sagen, doch er brachte nur ein hilfloses Krächzen hervor. Marion indes dachte wieder an den Anblick des ganzen Geldes: Nie in ihrem Leben hatte sie so viel Geld auf einem Haufen gesehen.

Sie griff in ihre Handtasche und holte ihre Geldbörse heraus. »Zehn Euro habe ich meinem Helfer fürs Benzin gegeben«, sagte sie dabei. »Zwei Euro brauche ich nachher für den Bus; bleiben noch acht Euro für dich.«

Marion zählte ihm acht Euro-Münzen auf den Tisch; Werner starrte das Geld fassungslos an. Jede einzelne Münze schien ihn verhöhnen zu wollen.

»Damit wären wir quitt«, schloss Marion.

Sie erhob sich und ging zur Tür. Dort verharrte sie einen Moment, denn sie spürte ein Kitzeln in der Nase. Es entlud sich in einem heftigen Niesen.

»Gesundheit!«, sagte der Polizist, der sich schon erhoben hatte, um Werner in seine Zelle zurückzubringen.

Auf ein Neues

Ewald Kunze traute seinen Augen nicht: Die Frau am Steuer des Wagens, der eben vor dem Schlagbaum angehalten hatte – das war doch tatsächlich Birgit Meyerbeer! »Aber nicht weitersagen«, bat sie ihn lächelnd. Nachdem er die Schranke hochgefahren hatte, rannte Kunze sofort zum Telefon, um Marion die unglaubliche Neuigkeit mitzuteilen. Birgit fuhr indes weiter Richtung Villa.

Im Konferenzzimmer saßen zu dieser Zeit Roland, Lena und Manuela Pfisterer bei einer ernsten Besprechung. Für Wasserburg war zwar vor einigen Wochen eine ohne Kredit erschwingliche, gebrauchte Zuschneidemaschine aufgetrieben und mit Stefans Hilfe rasch zum Laufen gebracht worden. Dennoch fiel es schwer, die knallharten Liefertermine von *Merkentaler & Ande* einzuhalten.

Plötzlich flogen die Türen des Konferenzraumes auf

und Birgit stand im Raum: Strahlend wie immer, wenn auch ein wenig zerbrechlicher wirkend, doch dies steigerte ihren Glanz eher noch. Roland verstummte mitten im Satz und erhob sich; Lena war wie er sprachlos vor Überraschung. Man hatte davon gehört, dass Birgits Genesung in Riesenschritten vorankam, doch alle wähnten sie noch in Amerika. Frühestens in zwei Wochen werde sie zurückkommen, hatte es geheißen.

Birgit flog auf Roland zu und warf sich ihm in die Arme. Einem Impuls folgend drückte er sie an sich, besann sich dann aber und löste die Umarmung so rasch wie möglich; schließlich wusste er Manuelas misstrauische Blicke auf sich. Schweigend beobachtete diese, was vor sich ging. Wer war diese Frau? Es hatte den Anschein, als würde sie Roland ziemlich gut kennen.

Zu Rolands Glück entdeckte Birgit nun Lena; mit einem breiten Lachen trat sie auf sie zu und umarmte auch sie. Von der Feindschaft, die sie einst entzweit hatte, war nichts mehr zu spüren. »Ich bin schon seit gestern wieder in Augsburg«, erklärte sie, überschäumend vor Glück, »aber Papa bewacht mich wie ein Zerberus. Nicht einmal telefonieren durfte ich.« Sie warf einen Blick um sich. Abgesehen von ein paar kleinen Veränderungen war alles noch so, wie sie es verlassen hatte. »Gott«, seufzte sie, »was bin ich froh, wieder hier zu sein.«

Nun erst wandte Birgit sich Manuela zu und stellte sich ihr vor: »Birgit Althofer.« Manuela zog erstaunt die Brauen hoch, reichte ihr nach kurzem Zögern die Hand und stellte sich ebenfalls vor.

Roland war kaum weniger überrascht als Manuela:

Seit der Scheidung hatte Birgit den Namen Althofer nicht mehr benutzt, nicht einmal in der Zeit, als sie wieder ein Paar waren und sogar daran gedacht hatten, noch einmal zu heiraten. Wie kam sie dazu, es jetzt wieder zu tun? Ihn beschlich das dumpfe Gefühl, dass Birgit vielleicht nicht so gesund war, wie es den Anschein hatte.

Manuela versuchte sich zusammenzureimen, was hier eigentlich vorging. Sie hatte gerüchteweise davon gehört, wie es zum Niedergang der *ACF* gekommen war und welchen Anteil Birgit Meyerbeer daran gehabt hatte. Dass Birgit und Roland einmal verheiratet gewesen waren, wusste sie ebenfalls; aber sie hatte geglaubt, das sei Vergangenheit. Roland hatte kaum über Birgit gesprochen und sie hatte ihn auch nicht nach ihr gefragt. Allmählich dämmerte ihr, dass sie das vielleicht besser getan hätte.

Lena bedauerte Roland, der sich in einer höchst peinlichen Lage befand. Die beiden Frauen, zu denen er Beziehungen unterhielt, in einem Raum, und die eine wusste nichts von der anderen – das war wie ein Spaziergang auf vermintem Gelände. Um die Situation frühzeitig zu entschärfen, hakte sie sich bei Birgit unter und schlug vor: »Lassen wir die beiden in Ruhe arbeiten und gehen wir zu mir rüber.« Und an Roland und Manuela gewandt: »Ihr beiden braucht mich ja nicht mehr, oder?«

Roland schüttelte den Kopf und bedankte sich mit einem Lidschlag für die Rettung. Die beiden Freundinnen waren schon auf dem Weg nach draußen, als Birgit sich von Lena löste, um ihrem Ex-Mann wenigstens noch einen Abschiedskuss zu geben. Doch er wandte den Kopf und hielt ihr die Wange hin. Sie war kurz irritiert, ließ es dann aber auf sich beruhen, denn sie wusste ja, dass Roland sich vor Fremden beim Austausch von Zärtlichkeiten stets geziert hatte. Dann endlich verschwand sie mit Lena.

Die beiden hinterließen betretenes Schweigen im Raum. Roland brach es und sagte: »Ich hatte kein Ahnung, dass sie kommt.« Es klang wie eine Rechtfertigung.

Manuela beschäftigte nur eine einzige Sache. »Ich wusste nicht, dass ihr noch verheiratet seid.«

»Sind wir auch nicht. Sie ist wohl noch etwas verwirrt.«

Trotzdem hatte Manuela das Gefühl, dass es ein Geheimnis gab, und das missfiel ihr. Birgit hatte sich in ihren Augen nicht verhalten wie eine Ex-Frau, zu der Roland nur noch eine freundschaftliche Beziehung unterhielt. So aber hatte er sein Verhältnis zu ihr stets charakterisiert. Andererseits: Spielte es wirklich eine Rolle, mit wem Roland auf welche Weise früher verbandelt gewesen war? Viel wichtiger war doch, was das Auftauchen seiner Ex-Frau für sie beide bedeutete. Es war dringend nötig, Klarheit zu schaffen; die jedoch würde sich nicht durch Worte, sondern nur durch Taten erzielen lassen.

Roland wollte das Thema am liebsten so schnell wie möglich beerdigen. »Können wir endlich wieder zur Sache kommen?«, fragte er und rückte seine Brille gerade.

Manuela trat an ihn heran und sah ihn mit diesem

verführerischen Blick an, den er nur zu gut an ihr kannte. »Natürlich können wir zu Sache kommen«, gurrte sie, »je schneller, desto besser.« Sie legte ihre Hand in seinen Nacken, zog ihn zu sich heran und küsste ihn leidenschaftlich.

Roland widersetzte sich zunächst. Er musste an Birgit denken: Ihr Überfall eben hatte ihn ziemlich in die Bredouille gebracht, und er hatte keine Ahnung, wie er da wieder herauskommen sollte. Und trotzdem hatte er sich von ganzem Herzen gefreut, sie wiederzusehen. Weder ihre schwere Erkrankung noch die Affäre mit Manuela hatten etwas an dieser Liebe ändern können. Und so würde es auch immer bleiben.

Obwohl Roland spürte, wie er von Sekunde zu Sekunde innerlich erkaltete, ergab er sich schließlich in den Kuss und zog Manuela sogar noch fester an sich. Er durfte sie nicht verletzen; eine enttäuschte, eifersüchtige Frau war in ihren Handlungen unberechenbar. Irgendwann würde er ihr schonend beibringen, dass die Dinge sich verändert hatten. Irgendwann, nachdem man sich über die Lieferfristen geeinigt hatte.

Gerade zu dieser Minute fuhr ein aufs Äußerste erboster August Meyerbeer mit seiner Frau Hedda auf das Gelände. Die ganze Fahrt über hatte Hedda sich dafür schelten lassen müssen, dass sie Birgit erlaubt hatte, zum Friseur zu gehen. Dabei hätte doch jedem denkenden Menschen klar sein müssen, wohin sie tatsächlich fahren würde, hielt August ihr nun vor. Die Firma aber sei absolutes Sperrgebiet. Beleidigt schaute Hedda aus dem Seitenfenster; sie hatte längst aufgehört, sich zu verteidigen.

Während August seine Frau aussandte, Birgit auf dem Gelände zu suchen, und zwar vorzugsweise im Gebäude der *Fashion Factory*, nahm er selbst sich die Villa vor. Wenn seine Tochter nicht schon da gewesen war, würde sie auf jeden Fall noch dort erscheinen; Roland musste also unbedingt gewarnt werden.

Roland schreckte auf, als er Augusts polternde Schritte auf der Treppe vernahm. Er löste sich sogleich von Manuela, zog seine Krawatte zusammen und ordnete sich das Haar. Manuela entfernte grinsend die verräterischen Lippenstiftspuren aus seinem Gesicht. Als die Tür aufflog und August, geladen wie eine Bombe, die jeden Moment explodieren konnte, hereinstürmte, war sie wieder ganz die kühle Geschäftsfrau.

»Wo ist meine Tochter?«, rief August.

»Die ist mit Lena weg«, teilte Roland gelassen mit. Dann machte er August mit Manuela bekannt. Doch der sagte nur: »Ja, ja, angenehm, aber dafür hab' ich jetzt keine Zeit.«

Roland begleitete Manuela nach draußen und bat Inge, ihr ein Taxi zu rufen. Inge sah ihn einen Moment länger an als nötig: Sie hatte vorhin eindeutige Geräusche aus dem Konferenzraum gehört. Ziemlich gewagt, fand sie, nachdem eben noch Birgit hier gewesen war.

Während Manuela in Inges Büro auf das Taxi wartete, kehrte Roland zu August zurück. Der war unruhig wie ein Topf Milch, der jeden Moment überkochen würde, und lief im Raum auf und ab. »Birgit ist noch nicht so weit!«, rief er unvermittelt aus. »Außerdem kann sie sich an gewisse Dinge nicht erinnern. Sie glaubt zum Beispiel, ihr wärt noch verheiratet.«

Roland rieb sich die Wange. Das erklärte ihr merkwürdiges Verhalten.

August trat zu ihm. »Du darfst sie unter keinen Umständen mit der Wahrheit konfrontieren«, bedrängte er ihn. Er packte ihn sogar am Revers. »Hörst du?« Roland lachte nur und entwand sich dem Griff; er fand, dass August übertrieb. Doch dem war es bitter ernst. »Du musst so tun, als wärt ihr noch verheiratet«, verlangte er. »Und kein Wort über ihre Tablettensucht oder irgendwas in der Richtung.«

Roland hob beschwichtigend die Hände. »Ist ja gut, ich spiele mit.« Seine Brille lag noch auf dem Tisch. Er setzte sie auf.

Erschöpft sank August auf den nächstbesten Stuhl. »Das ist alles zu viel für einen alten Mann wie mich«, stöhnte er.

»Mach dir mal nicht so viele Sorgen«, sagte Roland. »Freu dich lieber, dass es ihr wieder gut geht!«

Ohne ein Zeichen von Freude auf dem Gesicht sah August ihn an; die Angst überwog sein Glück. So wie er sie in den letzten Wochen und Monaten erlebt hatte, hatte niemand sonst sie gesehen. Oft war er am Rande der Verzweiflung gewesen und hatte sich nur um ihretwillen darüber erhoben und die Hoffnung nicht aufgegeben. »Es kann noch so viel passieren«, sagte er nur.

Nachdem er wieder etwas zu Atem gekommen war, hielt es ihn nicht länger in der Villa; er suchte weiter nach seiner Tochter. Nie zuvor hatte sie so dringend seines Schutzes bedurft wie jetzt.

Augusts nächste Anlaufstelle war die Verwaltung. In

Wilfried Holzknechts Büro traf er unverhofft auf Wilhelm. »Was machst du denn hier?«, fragte er. Die Sorge um seine Tochter ließ jedoch kaum Platz für Wiedersehensfreude. »Hast du von Mallorca schon wieder die Nase voll?«

Wilhelm schüttelte den Kopf. Die Kunde, dass Birgit nicht nur wieder in Augsburg, sondern auch in der Firma war, hatte sich von Kunze aus wie ein Lauffeuer verbreitet und auch die Verwaltung längst erreicht. »Ich bin nur gekommen, um Roland bei Lena Schützenhilfe wegen eines Kredits zu geben«, erklärte er sichtlich missgelaunt. »Und stell dir vor, kaum ist die unmittelbare Gefahr gebannt, will mein Sohn mich am liebsten gleich wieder los werden. Er hat für mich hinter meinem Rücken einen Flug nach Mallorca gebucht. Aber den habe ich natürlich gleich wieder storniert – jetzt bleibe ich erst recht!«

August klopfte ihm tröstend auf die Schulter. »Die Frucht unserer Lenden macht nur Ärger«, sagte er. »Kurzes Vergnügen, langes Missvergnügen. Bis später, ich muss weiter.«

Während August und Hedda weiterhin händeringend nach ihr suchten, saß Birgit mit Lena in deren Studio und plauderte über alte Zeiten. Auf dem Weg hierher waren ihnen manche alte Bekannte begegnet, die Birgit mit Freude begrüßten. Sie hatte Natalies schwangeren Bauch bestaunt und ihr für die Entbindung Glück gewünscht. »Bis dahin sind es noch knapp fünf Wochen«, hatte Natalie erwidert, »aber trotzdem danke.« Birgit hatte Jörg Tetzlaff und, zwischen Tür und Angel, auch Stefan Gronewoldt kennen gelernt.

Wann immer aber Lena etwas aus der Zeit angesprochen hatte, die Birgits Zusammenbruch vorausgegangen war, schien sie völlig ahnungslos: Als Lena etwa sagte, sie dürfe unter keinen Umständen vergessen, dass heute Daniel Kruses Geburtstag sei, sonst gebe es wieder ganz großes Theater, fragte Birgit nur: »Daniel Kruse? Wer ist das?« Lena hatte daraus ihre Schlüsse gezogen und diese Themen lieber gemieden.

Kurz bevor August Lenas Studio betrat, verschwanden die beiden Frauen in die Kantine; dort, wo Hedda sie eben noch vergeblich gesucht hatte, wollten sie zusammen einen Kaffee trinken. Doch Birgit wirkte zunehmend unaufmerksam. »Glaubst du, Rolands Besprechung ist bald zu Ende?«, fragte sie unvermittelt.

Lena schaute auf die Uhr. Soweit sie wusste, ging Manuelas Flug nach Köln in einer halben Stunde; sie war also bestimmt längst auf dem Weg zum Flughafen. »Er wird wohl jetzt frei für dich sein«, sagte sie. »Aber er hat auch sonst noch eine Menge um die Ohren, also –«

»Keine Angst«, lachte Birgit, »ich werde ihn der Firma nicht zu lange wegnehmen.«

Vor der Kantine umarmte Birgit Lena zum Abschied. »Ich bin so froh, wenn ich endlich wieder ein Teil von all dem bin«, sagte sie tief bewegt.

»Nichts überstürzen«, warnte Lena. »Am wichtigsten ist deine Gesundheit.«

Während Lena den Weg zurück in ihr Studio einschlug, wandte Birgit sich der Villa zu. Manches von dem, was Lena ihr erzählt hatte, hatte sie gar nicht mehr gewusst. Das überraschte sie nicht: Die Ärzte hatten ihr ja gesagt, dass es weiße Flecken in ihrer Erinnerung gäbe, die sich jedoch nach und nach wieder füllen würden.

Als Birgit die Villa betrat, hörte sie in der Halle schon Rolands Stimme; offenbar telefonierte er. So leise wie möglich stieg sie die Treppe hinauf. Die Tür zum Besprechungszimmer stand offen; Birgit schlich an Inges Büro vorbei. Den Telefonhörer am Ohr, stand Roland am Fenster und schaute hinaus auf den Firmenhof. Er merkte zuerst nicht, wie sie sich von hinten an ihn heranschlich. Erst als sie ihm schon ganz nah war, schaute er kurz über die Schulter und lächelte sie an, telefonierte aber weiter. Als sie seinen Nacken küsste, zuckte er zusammen. Ihre Hände umfingen seine Brust und knöpften sein Hemd auf.

Mit Mühe beendete Roland sein Telefonat. Birgit schmiegte sich an ihn, ihre Hände fuhren über seine Brust, während ihre Lippen weiter seinen Nacken und seinen Hals küssten. Roland entwand sich ihr. »Ich muss arbeiten«, sagte er.

Doch Birgit setzte ihre Liebesattacke nicht nur fort, sie verstärkte ihre Bemühungen sogar. Schließlich nahm sie seine Hand und zog ihn mit sich. Erst an der Treppe gelang es Roland, der liebevollen Entführung Einhalt zu gebieten. Birgit sah ihn aus ihren großen, liebeshungrigen Augen an. »Ich habe dich so vermisst«, sagte sie. »Du mich etwa nicht?«

Roland zog sie an sich. »Wenn du wüsstest, wie sehr ...« Er küsste sie leidenschaftlich.

In diesem Moment kam Inge die Treppe herauf. Sie sah die beiden und verschwand sogleich in ihr Büro.

Erst Manuela Pfisterer und jetzt Birgit – das hätte sie ihrem oft so spröden Chef gar nicht zugetraut. In dem schlummerte offensichtlich ein Casanova!

Roland setzte Birgits Verführung keinen weiteren Widerstand entgegen. Zu sehr sehnte er selbst sich nach ihrer Nähe, die er so lange schon entbehrte. Im Schlafzimmer einen Stock höher sanken sie gemeinsam ins Bett. Dann jedoch unterbrach Birgit die Zärtlichkeiten unvermittelt und sah ihn eindringlich an: »Versprich mir, dass du mich nicht bei August und Hedda lässt«, flehte sie ihn an. »Ich will bei dir sein, wo ich hingehöre. Und ich will wieder bei *Althofer* arbeiten. Nicht in der Geschäftsleitung, das traue ich mir noch nicht zu; aber vielleicht im Vertrieb. Es soll alles wieder so werden wie früher. Wir waren doch ein gutes Team.«

Roland zögerte. Wie lange würde es dauern, bis sie die Wahrheit herausgefunden hatte? Bis ihr klar wurde, dass die Vergangenheit nicht so golden war, wie sie glaubte? Wie würde sie mit dieser Erkenntnis zurechtkommen? »Wir werden sehen«, sagte er schließlich.

»Es wird alles wieder gut.«

Emma Martinek hatte sie zwar gewarnt – es sei nicht die passende Arbeit für eine hochschwangere Frau, Stoffballen herumzuwuchten –, doch Natalie wollte nichts davon hören. Sie glaubte, selbst am besten zu wissen, was sie sich zutrauen durfte und was nicht. Außerdem war sie nun mal die Einzige, die abkömmlich war, und im Stofflager musste endlich Ordnung geschafft werden. »Es reicht mir, wie Felix mich die ganze Zeit bemuttert«, sagte sie zu Emma, »fang du nicht auch noch damit an!« Deshalb schnappte sie sich Jörg Tetzlaff und verschwand mit ihm ins Lager.

Ballen für Ballen reichte sie Jörg, der auf einer Leiter stand, nach oben, damit er sie in den Fächern des Regals verstauen konnte. Doch plötzlich ließ ein stechender Schmerz in ihrem Bauch sie zusammenzucken. Der Ballen, den sie eben aufgehoben hatte, entglitt ihr und fiel zu Boden; alarmiert sprang Jörg von der Leiter.

»Mist«, presste Natalie hervor, »ich glaube, es geht los.«

Jörg wollte einen Notarzt rufen, doch Natalie hielt ihn davon ab. Sie wollte nicht, dass alle mitbekamen, was mit ihr los war. »Vielleicht ist es ja auch falscher Alarm«, sagte sie und bat Jörg, er solle sie in die Klinik fahren. Jörg zögerte; er galt in der Firma als Mann für alle Fälle, und das war er ja auch. Aber das hier überstieg vielleicht sogar seine Fähigkeiten. Doch da Natalie nicht locker ließ, gab er schließlich nach. Auf ihn gestützt verließ sie, vorsichtig einen Fuß vor den anderen setzend, das Gebäude. Zum Glück parkte gleich neben dem Eingang ein Firmenwagen.

Nach einer wilden Fahrt brachte Jörg den Wagen vor der Notaufnahme des Krankenhauses mit quietschenden Reifen zum Stehen. Er half Natalie, die auf dem Rücksitz lag, aus dem Auto. Während der Fahrt hatte sie ziemlich starke Schmerzen gehabt, doch jetzt war es etwas besser. Trotzdem fiel ihr jeder Schritt schwer. Die beiden mussten der Krankenschwester an der Aufnahme nicht viel erklären; eine Rolltrage wurde herbeigeschafft, auf die Natalie sich legen konnte.

Auf dem Weg zum Kreißsaal klammerte Natalie sich an Jörgs Hand fest. Auf ihrer Stirn stand kalter Schweiß. Jörg versprach, Felix anzurufen, doch davon wollte die werdende Mutter nichts wissen. »Felix ist heute in Nürnberg«, erklärte sie. »Außerdem dreht er dann völlig durch.« Sie erinnerte sich gut an die wenigen Male, die er sie zur Geburtsvorbereitung begleitet hatte. Er war danach total durch den Wind gewesen, auch wenn er versucht hatte, souverän und männlich zu wirken. »Und auch sonst sagst du niemandem was, hörst du!«, drängte Natalie. »Nur du ... wenn du hier auf mich warten könntest ...«

Jörg spürte, dass sie Angst vor dem hatte, was da auf sie zu kam. »Natürlich warte ich«, versprach er.

Sie hatten den Kreißsaal erreicht. »Sie können gerne bei der Geburt dabei sein, Herr Althofer«, bot eine Krankenschwester an. Jörg schüttelte den Kopf. Er wünschte Natalie Glück, winkte noch einmal, und dann war sie weg.

Stefan hatte sich rasch in der Firma eingelebt. Paul Wieland hatte ihm seinen alten Campingbus als Unterkunft überlassen, der auf dem Pausenplatz am Kanal abgestellt war; hier konnte er wohnen, bis er sich entschieden haben würde, ob er bei *Althofer* bleiben wollte. Da Stefan keine großen Ansprüche stellte – schließlich hatte er im südafrikanischen Busch oft sehr viel schlechter gehaust –, war er mit dem Arrangement mehr als zufrieden. Natürlich hatte Wieland seinen Bus nicht ohne Hintergedanken angeboten: Wie sich bei der Installierung der neuen Zuschneidemaschine in Wasserburg herausgestellt hatte, war Stefan ein überaus fähiger Mann. Wenn er auf dem Firmengelände wohnte, würde er sogar während der Nachtschicht rasch zur Stelle sein, sollte einmal eine Maschine streiken.

In regelmäßigen Abständen rief Stefan seinen Freund Bob Petersen an, um ihm zu berichten, was es an Neuigkeiten gab, und um zu erfahren, wie die Dinge in seiner Heimat lagen. Was er diesmal erfuhr, konnte ihn nicht erfreuen: Die Eigentümer des Landes verlangten eine sofortige Zahlung von fünfhunderttausend Dollar, wenn er die Kaufoption aufrechterhalten wollte, und dann alle sechs Monate weitere hunderttausend. Stefan wies Bob an, seine Wohnung in Kapstadt zu verkaufen; der Erlös würde reichen, um die ersten Zahlungen zu leisten und so weiter im Rennen bleiben zu können.

Während Stefan noch auf dem Weg zur Verwaltung über diese Neuigkeiten nachdachte, klingelte sein Handy erneut. Zu seiner Überraschung war seine Schwester Katharina am Apparat. Zunächst tat sie so, als wolle sie ihn wegen persönlicher Dinge aus dem Nachlass ihrer Mutter sprechen, doch Stefan durchschaute diesen Vorwand sogleich. »Du rufst doch nicht wegen irgendwelcher alter Fotoalben an«, sagte er.

»Ich will dir ein Angebot machen«, brachte sie schließlich heraus. »Ich werde dich bei deinen Projekten finanziell unterstützen, wenn du dafür nicht gerade halb Südafrika aufkaufen willst. Dafür verzichtest du auf die Option, *Capeitron* zu übernehmen.«

Ein Lächeln umspielte Stefans Mundwinkel: Offenbar traute seine Schwester ihm zu, dass er schaffte, was ihre Mutter von ihm verlangte. Und er selbst hielt es ebenfalls für möglich, vor allem nachdem er einen Eindruck davon erhalten hatte, welches Potenzial in dieser Firma steckte. »*Capeitron* wird mir ohnehin bald gehören«, entgegnete er darum selbstsicher.

Katharina verlor für einen Moment die stets so sorgsam gewahrte Fassung. »Das wird es nie! Nie!«, schrie sie ihn an.

Stefan legte auf, denn er sah Lena herankommen. Er mochte sie; außerdem war sie, wie er rasch bemerkt hatte, das Herz der Firma. Leider war es ihm bisher nicht gelungen, ihr näher zu kommen. So wie sie ihn manchmal ansah, vermutete er, dass sie ihn ebenfalls gut leiden konnte, doch hatte er bisher nicht den richtigen Dreh gefunden. Vielleicht musste er es, statt mit ironischen Bemerkungen, eher mit Liebenswürdigkeit versuchen.

Stefan trat ihr in den Weg. »Ich wollte mich entschuldigen«, sagte er.

Lena sah ihn erstaunt an. »Wofür?«

»Ich habe bisher kein Fettnäpfchen ausgelassen, und Sie sind doch immerhin hier die Chefin.«

Lena lachte auf. Wenn er sonst keine Probleme hatte!

»Darf ich Sie heute Abend zu einem Picknick in meine bescheidene Behausung einladen?«, fragte er.

Er hatte Mut, das musste man ihm lassen. Sie merkte ja schon seit einer Weile, dass er ihr nahe zu kommen versuchte. Auch wenn sie ihm nicht gerade die kalte Schulter gezeigt hatte, so hatte sie ihn doch auf Distanz gehalten. »Vielleicht stehen Sie ja schon wieder in einem Fettnäpfchen«, sagte sie nun.

»Glaube ich nicht.«

»Was macht Sie da so sicher?«

»Ihr Lächeln.«

Lena war sich gar nicht bewusst gewesen, dass sie ihn anlächelte.

»Flirten Sie mit mir?«, fragte sie.

Er hob abwehrend die Hände. »Das würde ich mir nie erlauben.« Doch das freche Grinsen auf seinen Lippen sagte genau das Gegenteil; Lena schmunzelte amüsiert in sich hinein und ging weiter zum Eingang des Gebäudes. »Was ist nun?«, rief er ihr nach. »Kommen Sie?« Sie wandte sich zu ihm um und antwortete: »Möglich wär's.« Dann verschwand sie im Gebäude.

Stefan hatte das sichere Gefühl, dass das ein Ja gewesen war. Doch seine Freude wurde gedämpft durch die Erinnerung an das Gespräch mit Katharina. Wie es aussah, würde seine Schwester um *Capeitron* kämpfen, und sie würde bestimmt Wege finden, ihm Steine in den Weg zu legen. Vermutlich war sie sogar schon dabei, Maßnahmen zu ergreifen; er musste sich also beeilen.

Anders als Stefan vermutete, war Lena keineswegs entschlossen, seiner Einladung zu folgen. Doch Wilfried drückte ihr kurz nach ihrer Begegnung mit dem Südafrikaner dessen Referenzen in die Hand, welche er inzwischen schriftlich nachgereicht hatte. So hatte sie einen Grund, dem neuen Mitarbeiter einmal ein paar Fragen zu stellen, und dazu eignete sich ein Gespräch in lockerer Atmosphäre und unter vier Augen ausgezeichnet. Wie etwa kam es, dass ein Mann, der für ausgezeichnete Firmen in aller Herren Länder gearbeitet hatte, sich einen Job bei einer vergleichsweise unbedeutenden Firma in der süddeutschen Provinz suchte?

Doch Lena war nicht in Holzknechts Büro gekommen, um über Stefan zu sprechen, sondern über Birgit. Sie wollte, dass sie auf jeden Fall wieder für *Althofer* arbeitete. »Natürlich erst, wenn sie so weit ist«, fügte sie hinzu.

»Ich würde mir eher um Frau Pfisterer Sorgen machen«, gab Holzknecht zu bedenken. »Nicht dass am Ende unser Auftrag von ihrem Liebesleben abhängt.«

»Das ist Rolands Problem; der neue Termin ist ausgehandelt.«

»Ausgehandelt ja, aber noch nicht vertraglich fixiert.«

Lena sah ihn alarmiert an. »Was willst du damit sagen?«

»Dass noch viel passieren kann.«

Lena wurde das Gefühl nicht los, dass da noch etwas war, das ihn beunruhigte.

Sie hatte Recht: Seit einigen Tagen hatte Holzknecht festgestellt, dass jemand vermehrt *ACF*-Aktien kaufte. Wie seine Nachforschungen ergeben hatten, steckte dahinter eine südafrikanische Holding namens *Capeitron*. Die Methode, die die Südafrikaner groß gemacht hatte, war immer dieselbe: Eine Firma wurde aufgekauft und in ihre Einzelteile zerlegt. Was zu *Capeitrons* eigenem Geschäftsfeld, der Elektronik, passte, verleibte man sich ein, der Rest wurde meistbietend weiterverkauft. Die *ACF* war für diese Haie ein gefundenes Fressen, denn der Kurs der Aktie lag noch immer unter dem eigentlichen Wert; sie konnten also mit maximalem Gewinn rechnen.

Damit die *ACF* in ihrer derzeitigen Form bestehen blieb, durften die Aufkäufer von *Capeitron* keine Mehrheit bekommen. Seit Lena einen Teil ihrer Aktien verkauft hatte, um den Kredit der *SB-Bank* vorzeitig zurückzuzahlen, brachten die bisherigen Hauptaktionäre jedoch keine Mehrheit mehr zusammen. Man musste also massiv Anteile zurückkaufen, und ohne einen Kredit würde das nicht zu schaffen sein. Dies würde nun auch Lena einsehen müssen. Genau darüber hatte Wilfried sich am Morgen mit Wilhelm beraten; Wilhelm hatte versprochen, er werde mit Lena reden und ihr den Ernst der Lage darstellen. Er baute darauf, dass sie angesichts einer solchen Bedrohung die Notwendigkeit eines Kredits einsehen würde.

»Willst du mir nicht sagen, was los ist?«, fragte Lena, da er nach wie vor schwieg.

»Ich muss das erst selbst überprüfen«, wand er sich heraus.

Lena wollte gehen, drehte sich an der Tür aber nochmal um. »Hast du eine Ahnung, wo Herr Tetzlaff steckt?«, fragte sie. »Ich kann ihn nicht erreichen. Und Natalie ist auch wie vom Erdboden verschluckt.«

Wilfried zuckte nur die Schultern.

Unruhig lief Jörg im Wartebereich der Entbindungsstation auf und ab; die Ungewissheit war quälend; Stunden waren inzwischen vergangen. Nur einmal war eine Krankenschwester erschienen und hatte ihm mitgeteilt, es ginge Natalie gut, die Geburt würde, soweit man das absehen konnte, ohne Komplikationen verlaufen. Das hat man bei der Jungfernfahrt der Titanic auch behauptet, dachte Jörg. Es dauerte eine weitere Stunde, bis dieselbe Schwester endlich mit einem breiten Lächeln herauskam und mitteilte, es sei überstanden, Mutter und Kind seien wohlauf. Jörg atmete erleichtert auf.

Als er das Zimmer betrat, öffnete Natalie die müden Augen. Die Erschöpfung war ihr ins Gesicht geschrieben, ihr blasses Gesicht hob sich kaum vom Weiß des Kissens ab, die Haare klebten an ihrem Kopf. Und dennoch ging von ihr ein unübersehbares Strahlen aus. Kein Zweifel, sie war glücklich.

»Es ist ein Mädchen«, flüsterte sie.

Tief bewegt gratulierte Jörg und fragte, ob sie etwas brauche; sie verneinte. »Haben Sie schon einen Namen?«, wollte er dann wissen.

»Noch nicht.«

»Sie müssen Lena so bald wie möglich Bescheid sagen. Sonst reißt sie mir den Kopf ab, weil ich so lange weg war, ohne ihr eine Nachricht zu hinterlassen.«

Natalie nickte. Sie nahm Jörgs Hand, drückte sie ganz fest und sah ihn voller freundschaftlicher Wärme an. »Das vergesse ich Ihnen nie.«

Jörg lächelte verlegen. »Ich vergesse diesen Tag bestimmt auch nicht.«

Da er sah, dass sie jetzt dringend Schlaf brauchte, ließ er die junge Mutter allein. Vor der Tür fiel ihm ein, dass er nicht nur Lena im Ungewissen über seinen

Aufenthaltsort gelassen hatte, sondern auch Angela. Wie er nun auf seiner Mailbox hörte, hatten beide mehrmals versucht ihn zu erreichen.

Auf dem Rückweg zur Firma machte Jörg einen Zwischenhalt in der Boutique. Seit ihrem ersten gemeinsamen Abend waren die beiden ein Paar, denn wie schon bei seiner Liebeserklärung war Jörg auch weiterhin recht zielstrebig vorgegangen. Er hatte seiner Herzensdame gar keine andere Wahl gelassen, als seinem Liebesverlangen nachzugeben. Als Angela ihn nun erblickte, stürmte sie sogleich auf ihn zu. »Wo warst du denn?«, fragte sie ihn, gleichermaßen besorgt und zornig.

»In der Klinik«, antwortete er.

»Klinik? Fehlt dir etwas?«

Er schüttelte lachend den Kopf und erzählte unter dem Siegel der Verschwiegenheit, was geschehen war und warum er sich die ganze Zeit über nicht gemeldet hatte. Angelas Blick verklärte sich, als sie von Natalies Mutterschaft erfuhr. »Beneidenswert«, sagte sie.

Jörg zog misstrauisch die Brauen zusammen. »Wie meinst du das?«

Angela lachte kurz auf. »Keine Bange, ich hab' nicht vor, in nächster Zeit eine Familie zu gründen. Obwohl mich das alles hier zurzeit ziemlich nervt.« Sie erzählte, dass der Vermieter der Boutique ihr eine saftige Mieterhöhung ins Haus geschickt hatte, und beschwerte sich auch über Lena, die immer weniger Interesse an der Boutique zeige. »Sie hat einfach nur eine Menge um die Ohren«, verteidigte Jörg seine Chefin. Doch Angela wollte das nicht gelten lassen: Früher habe sie auch viel um die Ohren gehabt und trotzdem Zeit gefunden, wenigstens ab und zu mal vorbeizuschauen. »Manchmal hätte ich echt Lust, den Krempel einfach hinzuschmeißen«, sagte sie.

Jörg nahm sie tröstend in den Arm. Für einen Moment musste er wieder an Natalies seligen Gesichtsausdruck nach der Geburt denken.

Da er seine Tochter nicht gefunden hatte, war August mit Hedda nach Hause gefahren, in der Hoffnung, sie sei inzwischen dorthin zurückgekehrt; doch dem war nicht so. Nachdem er Hedda neuerlich ihre verantwortungslose Unaufmerksamkeit vorgehalten hatte, verschwand er für einige Zeit in den Garten. Als seine Tochter auch nach Stunden nicht nach Hause kam, schwang er sich wieder ins Auto und fuhr erneut in die Firma. Diesmal glaubte er mit Sicherheit zu wissen, dass sie bei Roland in der Villa sein müsse, denn wo sonst sollte sie sich so lange aufhalten?

August war auf einiges gefasst, doch als er Roland im Bademantel die Treppe herabkommen sah, verschlug es ihm doch erst einmal die Sprache. »Das ist ja wohl das Allerletzte«, zischte er Roland dann an. »Dass du dich nicht schämst, die Situation so schamlos auszunutzen!«

Roland stieg die letzten Stufen herab; er befand sich noch immer im Hochgefühl des Glücks, das er eben mit Birgit genossen hatte. »Sei nicht so laut«, sagte er. »Birgit schläft.« Er schob die Hände in die Taschen des Bademantels und wappnete sich mit Gelassenheit gegen die vorwurfsvollen Blicke Augusts. »Wie hätte ich sie abwehren sollen?«, sagte er. »Sie glaubt, wir seien noch verheiratet. Und du wolltest ja nicht, dass ich ihr die Wahrheit sage.«

»Willst du mich veralbern?«, platzte es aus August heraus.

»Wir wollen doch beide dasselbe: dass Birgit glücklich ist. Aber dazu braucht sie Luft zum Atmen; du erstickst sie mit deiner Angst. Vertrau mir also und fahr nach Hause. Ich pass schon auf sie auf.«

Nur zu gerne hätte August das geglaubt, doch seine Sorge überwog. Trotzdem gab er schließlich nach, es blieb ihm ja keine andere Wahl. »Wenn sie einen Rückfall erleidet, mache ich dich persönlich dafür verantwortlich!«, drohte er mit erhobenem Zeigefinger. Dann wandte er sich ab und stieg langsam die Treppe hinab.

Roland indes kehrte zu Birgit zurück. Die Vorhänge im Schlafzimmer waren zugezogen, sodass nur gedämpftes Licht über allem lag. Er zog den Bademantel aus, hängte ihn über das Fußende des Bettes und legte sich zu ihr. Einen Moment musste er an Manuela denken. Aber er verbannte diesen Gedanken sofort wieder. Irgendwie würde er aus dieser vertrackten Lage schon herauskommen; Hauptsache, Birgit war wieder da.

Er war eben eingeschlafen, als Birgit sich regte. Sie drehte sich auf den Rücken und blickte in das makellose Weiß der Zimmerdecke. Im ersten Moment hatte sie keine Ahnung, wo sie sich befand. Sie setzte sich auf und schaute sich im Raum um: Das Zimmer war ihr fremd und vertraut zugleich. Kein Zweifel, sie hatte hier einmal gelebt. Aber es kam ihr vor, als sei das vor unendlich langer Zeit gewesen.

Birgit stand auf, zog Rolands Bademantel an und öffnete den Kleiderschrank. Sie fand nur Rolands Anzüge und Hemden. Merkwürdig; wenn sie wirklich hier mit ihm zusammenlebte, wo waren dann ihre Sachen? Neben dem Schrank stand ein Koffer. Vielleicht fand sie ja dort etwas, das ihr gehörte. Sie öffnete ihn, und tatsächlich: Diese Sachen gehörten einer Frau. Als sie einen Blazer herausnahm, fiel aus dessen Tasche etwas zu Boden. Eine Schachtel; Birgit hob sie auf: Medikamente. Pillen. *Colportin X*, las sie.

Nachdenklich, die Schachtel in der Hand, setzte sie sich wieder auf das Bett. Der Name hallte in ihrem Kopf nach. *Colportin X*. Sie wiederholte ihn wieder und wieder. Und dann fiel es ihr plötzlich wie Schuppen von den Augen. Alles, was geschehen war, tauchte nach und nach aus ihrer Erinnerung auf. Gar nichts stimmte hier, gar nichts. Sie gehörte überhaupt nicht hierher. Die Erinnerung wurde zu einem tiefen Schmerz, der ihr Herz zu zerreißen drohte.

Da regte sich Roland hinter ihr. Er blinzelte ins Halbdunkel des Raums, sah Birgit an der Bettkante sitzen, kuschelte sich von hinten an sie heran und umfing sie mit seinen Armen. Hastig schob sie die Schachtel in die Tasche des Bademantels. »Leg dich wieder zu mir«, bat er sie, gleichermaßen schlaf- und liebestrunken. Sie versuchte sich ihm zu entziehen, doch als er nicht locker ließ, wurde sie laut. »Hör auf!«, schrie sie ihn an. »Lass mich!«

Erst jetzt wachte Roland ganz auf; erstaunt sah er sie

an. Er begriff zuerst nicht, was plötzlich mit ihr los war. Doch dann sah er die Veränderung in ihren Augen: Sie waren voller Trauer und Schmerz. »Du erinnerst dich?«, fragte er vorsichtig und setzte sich dabei auf.

Birgit nickte. Plötzlich war nur noch ein Gedanke in ihr: Ich muss hier weg, so schnell wie möglich. Ich gehöre nicht hierher.

Hastig zog sie sich an. Sie bebte am ganzen Körper vor Aufregung. Ihr Herz schlug bis zum Hals: Wie hatte Roland das zulassen können? Anders als sie hatte er doch die ganze Zeit gewusst, was geschehen war. Sie fühlte sich von ihm missbraucht. »Du hättest mir sagen müssen, dass wir nicht mehr verheiratet sind«, hielt sie ihm vor, »und dass ich Tabletten genommen habe!«

»Das ist doch vorbei«, entgegnete er. »Ich wollte einfach, dass alles wieder so ist wie früher. Und das war es. Wir haben uns geliebt und waren glücklich dabei.«

»Es war nur eine Illusion. Zu viel ist passiert.«

»Aber wir können doch wenigstens versuchen, nochmal neu anzufangen!«

Birgit wandte sich ab. Er wusste doch gar nicht, wovon er redete. Während er sein bisheriges Leben weitergelebt hatte, war sie völlig aus der Bahn geworfen worden. Sie erinnerte sich jetzt zwar wieder, aber sie war noch längst nicht in ihrem Leben angekommen. Es war in der Mitte entzwei gebrochen, und die beiden Bruchstücke passten nicht mehr zusammen.

Roland stieg aus dem Bett und trat vor sie hin. Er wagte nicht, sie zu berühren, doch sein Blick war voller Sehnsucht nach ihr. »Ich liebe dich«, versicherte er,

»und ich hatte gehofft, du könntest mich auch wieder lieben.«

Sie schüttelte den Kopf. »Noch nicht; vielleicht später. Im Moment ... hab' ich einfach nur Angst.«

Damit ließ sie ihn allein. Roland sah ein, dass es keinen Sinn hatte, sie jetzt weiter zu bedrängen. Er zog sich nun ebenfalls an. Der Bademantel, den sie vorhin getragen hatte, lag noch auf dem Boden. Als er ihn aufhob, fiel etwas aus der Tasche; eine Schachtel. Roland hob sie auf und betrachtete sie: *Colportin X*, las er und erschrak bis ins Mark. Dieses Teufelszeug hatte sie krank gemacht. Hatte sie wieder davon genommen? Wo hatte sie es überhaupt her? Sein Blick fiel auf den offenen Koffer. Dort hatte er die wenigen Kleider von ihr verstaut, die August nicht abgeholt hatte. Angst befiel ihn; Augusts Warnung im Kopf, lief er nach unten. Inge teilte ihm mit, Birgit habe ein Taxi an die Pforte bestellt und sei dann überstürzt fortgegangen.

Roland rannte ins Freie, doch es war zu spät. Als er an der Pforte ankam, fuhr sie gerade im Taxi weg.

Die Abenddämmerung legte sich über das Firmengelände. Der Himmel über den Gebäuden färbte sich zartrosa. Abseits der Fertigungshallen, wo das unablässige Rattern der Webstühle nicht mehr zu hören war, erklangen stattdessen gefühlvolle Melodien aus einem kleinen Kofferradio, während das Wasser des Kanals träge dahintrieb. Vor dem Campingbus saßen Stefan und Lena bei einem gemütlichen Abendessen.

Obwohl Lena sich vorgenommen hatte, ein wenig mehr über ihn zu erfahren, gelang es ihm, das Gespräch immer wieder auf sie zu lenken, und er schaffte es auch, ihr Misstrauen zumindest für diese Stunden der Zweisamkeit zu besänftigen. Sie erzählte ihm, wieso sie trotz aller Schwierigkeiten mit solcher Leidenschaft bei der *ACF* arbeitete. Stefan folgte ihren Worten aufmerksam und beobachtete sie dabei eingehend, nur um erneut zu entdecken, wie schön sie war.

Und nicht nur das: Lenas Begeisterung erinnerte ihn an die einzige Frau, die er in seinem Leben wirklich geliebt hatte. Ihre Augen hatten ebenso unwiderstehlich geglänzt, wenn sie von ihrem Projekt, bedrohte Tiere zu schützen, sprach. Doch er hatte sie verloren. Sein Herz tat einen kräftigen Schlag, so als wolle es ihn darauf hinweisen, dass er sie vielleicht wiedergefunden hatte; doch Stefan verwarf diesen Gedanken sogleich.

Als ein Moment der Stille eingekehrt war, meinte Lena: »Wieso reden wir eigentlich immer nur von mir? Ich wüsste auch gerne einiges von Ihnen. Wieso, zum Beispiel, haben Sie ausgerechnet bei uns angeheuert? Ich habe mir Ihre Bewerbungsunterlagen angesehen. Sie sind ziemlich viel rumgekommen und eigentlich überqualifiziert; und das Geld kann es wohl auch nicht sein.«

Stefan lächelte geheimnisvoll. Zu gerne hätte er ihr die Wahrheit gesagt; doch es war noch zu früh dafür. Deshalb zuckte er nur die Schultern, als wisse er selbst nicht so recht, wieso er sich so entschieden hatte. »Ich war total abgebrannt, als ich in Deutschland ankam«, log er. »Ein Projekt, von dem ich mir viel versprochen habe, hat sich leider als Flop herausgestellt. Und dann fand ich im Flugzeug die Zeitung mit Ihrer Anzeige.«

Lena sah ihn prüfend an. So wie er das sagte, hätte sie es ihm fast geglaubt. Doch es blieb ein Rest von Zweifel.

Ehe sie nachfragen konnte, erhob sich Stefan aus seinem Campingstuhl, stellte das Radio, aus dem eine gefühlvolle Ballade erklang, lauter und trat vor Lena hin. »Darf ich bitten?«, fragte er.

Überrascht sah Lena ihn an. Meinte er das ernst oder war das nur ein Scherz? Galant streckte er ihr die Hand entgegen. Es war lange her, dass Lena zuletzt getanzt hatte. Aber warum eigentlich nicht?

Schweigend tanzten sie zu der romantischen Melodie. Lena empfand seine körperliche Nähe als angenehm. Zu gerne hätte sie gewusst, was hinter seiner Stirn vorging; aber vielleicht gefiel er ihr ja nicht zuletzt deshalb, weil sie ihn nicht durchschauen konnte. Sie könnte sich in ihn verlieben, und ein wenig hatte sie es wohl schon getan. Doch egal wie romantisch die Stimmung auch war, sie würde diesem Gefühl nicht nachgeben, schon gar nicht an diesem Abend.

»Ich hoffe, Sie schaffen, was Sie sich vorgenommen haben«, sagte er unvermittelt.

Sie hatten aufgehört zu tanzen, hielten sich aber noch immer im Arm und sahen sich schweigend an. Die Spannung zwischen ihnen wurde größer und drängte darauf, sich in einem Kuss zu entladen. Doch ehe es dazu kommen konnte, wurden die beiden gestört; Jörg kam angelaufen. Als seien sie bei etwas Verbotenem ertappt worden, lösten sie sich sogleich voneinander.

Jörg entschuldigte sich wortreich dafür, dass er seine

Pflichten an diesem Tag so sträflich vernachlässigt hatte: »Natalie hat ein Mädchen zur Welt gebracht«, erklärte er, »und sie wollte nicht, dass jemand davon erfährt, bevor nicht alles gut verlaufen ist.«

»Ich muss sofort in die Klinik«, sagte Lena, dankbar für die Störung zur rechten Zeit. Es war ohnehin besser, wenn die Verabredung an diesem kritischen Punkt endete. Sie dankte Stefan für den schönen Abend und verabschiedete sich. Dann verließ sie mit Jörg den beschaulichen Platz und ließ sich dabei haarklein erklären, wie alles zugegangen war.

Stefan blieb zurück und sog mit allen Sinnen den Rest ihrer Anwesenheit auf, der noch an diesem Ort haftete, ehe er sich in die aufkommende Nacht verflüchtigte.

Traumjob

Angela wusste, dass sie schon viel früher mit Lena hätte sprechen müssen. Aber diese hatte es seit geraumer Zeit an Aufmerksamkeit für die Boutique und das Label *Little* mangeln lassen, ganz so, als habe sie beides schon abgeschrieben. So hatte Angela aus Trotz geschwiegen. Unter der Decke dieses Schweigens war in ihr jedoch der Entschluss gereift, dass sie eine radikale Veränderung brauchte.

Was am Ende den Ausschlag für ihre Entscheidung gab, wusste Angela selbst nicht. In letzter Zeit war einfach zu viel zusammengekommen: Lenas Desinteresse; die Entscheidung des Vorstands von *Merkentaler & Ande*, die Kinderkollektion vermutlich bis zum Sankt-Nimmerleins-Tag auf Eis zu legen; das ungute Gefühl, sie verplempere ihre Jugend hinter der Ladentheke, während das richtige Leben an ihr vorbeizog; und schließlich die Begegnung mit dem Regisseur der Seifenoper »Gebrochene Herzen«, der sie auf der Straße angesprochen und gefragt hatte, ob sie nicht bei der Casting-Agentur für die Serie vorsprechen wolle; sie sei nämlich genau der richtige Typ für »Gebrochene Herzen«.

Erst an dem Tag, an dem sie zum Casting nach München musste, überwand Angela sich endlich und fuhr frühmorgens in die Firma, um Lena reinen Wein einzuschenken. Von dem Casting wollte sie vorerst allerdings nichts erzählen. Nicht einmal mit Jörg hatte sie darüber gesprochen, und falls sie abgelehnt werden würde, sollte es auch dabei bleiben.

In der *Fashion Factory* ging es an diesem Morgen noch hektischer zu als sonst – Foto-Shooting im Stofflager. Bis zur Textil-Messe in Düsseldorf musste Felix die Bilder der neuen Stoffkollektion haben. Und ausgerechnet in dieser angespannten Situation versagte die Technik; Chris' Blitzlicht wollte nicht mehr. Als Angela Jörgs Büro betrat, stritt der sich gerade mit jemandem von der Herstellerfirma herum, wo man nicht fähig und vielleicht auch gar nicht willens war, unverzüglich einen Techniker loszuschicken. Jörg knallte den Telefonhörer auf die Gabel. Auf das eben noch zornige Gesicht trat beim Anblick seiner Herzdame jedoch sogleich ein mildes Lächeln.

»Ich hab' die Boutique zugemacht«, sagte Angela ohne lange Vorrede. »Glaubst du, Lena hat für mich Zeit?«

Jörg wusste um die schwierige Entscheidung, mit der Angela sich schon seit einer Weile herumquälte. Doch ihm war, als sei da noch etwas anderes im Busch. Wieso etwa putzte sie sich in letzter Zeit so auffallend heraus? Und an diesem Morgen ganz besonders: schicke Klamotten, auffallendes Make-up. Nicht, dass sie ihm so nicht gefallen hätte; er fand sie reizvoller denn je. Aber tat sie das wirklich für ihn?

»Lena ist beim Foto-Shooting im Stofflager«, teilte er ihr mit. »Die haben das allerdings gerade wegen technischer Probleme unterbrochen. Geh also einfach rüber.«

Angela wollte los, doch Emma fing sie ab und bat sie, ein wenig auszuhelfen. Seit Natalie ausgefallen war, war die Näherei chronisch unterbesetzt. Angela wollte sich nicht verweigern; Lena würde ihr schon nicht davonlaufen. Außerdem ließ sich das unangenehme Gespräch so noch ein wenig aufschieben.

Angela ahnte nicht, dass am Rande des improvisierten Foto-Sets im Stofflager gerade über sie gesprochen wurde. Während Chris telefonisch versuchte, einen Techniker aufzutreiben, teilte Lena Felix mit, sie denke darüber nach, Angela bis zu Natalies Rückkehr mit der Leitung der Näherei zu betrauen. »Für die Boutique können wir ja eine Aushilfe einstellen«, sagte sie, ohne zu wissen, dass das gar nicht mehr nötig sein würde.

Felix fand die Idee ausgezeichnet. Ein Blick auf die Uhr verriet ihm jedoch, dass er los musste. Er hatte noch eine Menge zu erledigen. Außerdem war heute der große Tag, an dem Natalie und das Baby nach Hause kamen, weshalb er den ganzen Morgen schon ziemlich aufgekratzt war. Leider war aus dem erträumten Familienidyll auf dem Lande vorerst nichts geworden:

Wilhelm war wieder auf unbestimmte Zeit in sein Haus eingezogen.

Felix war gerade gegangen, als Chris zu Lena trat. All seine Bemühungen um einen Techniker waren ergebnislos geblieben. Natürlich konnte er sich in München eine Blitzanlage ausleihen, doch diese zu beschaffen würde mindestens bis Mittag dauern. Lena hatte eine andere Idee: Chris vermutete den Fehler in der Elektronik und diese war Stefan Gronewoldts Fachgebiet. Sie rief in der Fertigung an und bat Paul Wieland, Stefan umgehend ins Stofflager zu schicken.

Als Stefan zehn Minuten später hereinkam, wirkte er, als sei er gedanklich ganz woanders. Und das war er auch: Er hatte nämlich eben einen bemerkenswerten Anruf seiner Schwester erhalten, bei dem sie ihm einen Tausch anbot: seine *ACF*-Aktien gegen die zweihunderttausend Acres Buschland, die er so dringend haben wollte. Offenbar traute sie ihm eine Menge zu: Denn wenn sie nicht befürchtete, er werde die Bedingung des Testaments erfüllen, hätte sie ihn sicher nicht mit dieser großzügigen Offerte zu ködern versucht.

Natürlich hatte er abgelehnt. Und zwar nicht allein, weil auch er vom Erfolg seiner Bemühungen felsenfest überzeugt war. Dieser Erfolg würde ihn so reich machen, dass er sich das Land nicht nur kaufen, sondern den Bestand des Tierreservats auch auf Jahre hinaus sichern konnte. Er hatte jedoch auch deshalb abgelehnt, weil er nicht wollte, dass *Althofer* Katharina in die Hände fiel, denn dann war das Schicksal dieses Unternehmens besiegelt.

Mit Argwohn beobachtete Chris, wie Lena auf Stefan zuging als begrüße sie einen alten Freund. Und glänzten nicht ihre Augen auf eine ganz besondere Weise? Was lief da zwischen den beiden? Lena machte die beiden Männer miteinander bekannt. Sie kannte Chris inzwischen gut genug, um die Anzeichen der Eifersucht sofort zu erkennen. Doch sie hatte nicht vor, sich davon beeinflussen zu lassen.

Mit unterschwelliger Gereiztheit in der Stimme erläuterte Chris dem Südafrikaner seine Vermutung bezüglich der Art des Defekts: »Die Steuerungselektronik, die die Kamera mit dem Blitz synchronisiert, ist wohl im Eimer.«

Stefan nickte. »Das könnte natürlich sein. Aber lassen Sie mich mal etwas versuchen. Hat jemand einen Kaugummi für mich?«

Wie cool, dachte Chris, so ein Angeber!

Lena holte einen Kaugummi aus ihrer Tasche und reichte ihn Stefan. Er wickelte den Streifen aus dem Alupapier, warf das Kaugummi weg und drehte aus dem Papier eine kleine Röhre; Chris beobachtete ihn skeptisch. Erst als Stefan sich an den Sicherungen zu schaffen machte, verstand er, was dieser vorhatte: Er hatte gar nicht bedacht, dass vielleicht nur eine Sicherung durchgebrannt war. Nachdem Stefan das Alupapier eingesetzt hatte, drückte Chris auf den Auslöser; die Blitzlichter flammten auf.

Chris bedankte sich knapp. Stefan nickte ihm nur zu. »Gibt es auch etwas, was Sie nicht können?«, fragte ihn Lena scherzhaft. Er zuckte die Schultern und lächelte: »Auch ich habe meine Grenzen.«

»Sie werden doch nicht plötzlich bescheiden werden!«

»In Ihrer Nähe eher demütig.«

Lena musste lachen. Dieses Lachen traf Chris an seiner empfindlichsten Stelle. Er hatte den flirtenden Tonfall dieses Wortwechsels sehr wohl herausgehört und hatte auch im Augenwinkel genau beobachtet, wie Stefan Lena ansah – und sie ihn! Kein Zweifel, ihm war ein neuer Rivale erwachsen.

Da Chris signalisierte, dass er mit dem Einstellen der Kamera fertig war, begab Lena sich zu ihm. »Wenn ich heute alles durchkriege, darf ich mir dann zur Belohnung etwas von dir wünschen?«, fragte er. Sie zögerte und schlug die Augen nieder. »Wir haben uns lange nicht gesehen«, legte er nach. »Und du weißt, wie sehr ich dich mag. Ich mache das alles nur deinetwegen.«

Es war Lena unangenehm, dass er vor Stefan damit anfing. Was wollte er bezwecken? Glaubte er, sie ließe sich zu etwas zwingen? Inzwischen hätte er eigentlich wissen können, dass er auf diese Weise nichts bei ihr erreichte. »Wenn du nicht endlich zu fotografieren anfängst, schaffst du es heute bestimmt nicht mehr«, wich sie ihm aus.

Stefan beobachtete die Szene aufmerksam; Chris' Absicht war leicht zu durchschauen. Es ging nicht nur um Lena, es ging auch um ihn, den Rivalen: Chris wollte seine älteren Rechte demonstrieren. Leider war der Schuss nach hinten losgegangen, was Stefan nicht ohne innere Befriedigung vermerkte. Dass Lena seinetwegen in arge Bedrängnis geraten war, bedauerte er allerdings. Um Chris nicht weiter zu reizen, verabschiedete er sich und verließ das Stofflager.

»Musste das jetzt sein?«, fragte Lena vorwurfsvoll.

Chris sah sie beleidigt an. »Ich dachte nur, ich hätte dir vielleicht auch ein wenig gefehlt. Immerhin war ich mehrere Wochen weg.«

»Du hast mir nicht gefehlt!«, stieß sie verärgert aus. »Und weißt du, warum nicht? Weil ich gar keine Zeit für so was habe. Außerdem bin ich daran gewöhnt, alleine zu sein.«

Chris wandte sich seiner Kamera zu; die Sache war für ihn jedoch keineswegs erledigt. Innerlich bebte er. Er schaute durch den Sucher und überprüfte Schärfe und Belichtung: Vor einem weißen Hintergrund waren ein paar Stoffe ausgebreitet. Das Arrangement war ohne jede künstlerische Ambition, denn die Aufnahmen mussten schnell gehen und die Stoffe gut zur Geltung bringen. Chris drückte auf den Auslöser und sah dann Lena wieder an. Er konnte einfach nicht schweigen, wenn er nicht ersticken wollte. »Es war dir wohl unangenehm, dass ich vor diesem Genie über uns gesprochen habe«, sagte er.

Lena rollte mit den Augen. »Mach schon mal alleine weiter«, sagte sie genervt. »Ich muss an die frische Luft.«

Brodelnd vor Wut blieb Chris zurück. Was sollte er jetzt machen? Dass er Lena mit seiner Liebe offenbar nervte, kränkte ihn zutiefst. Dabei war er nur ihretwegen hier! War ihr gar nicht bewusst, welches Opfer er für sie brachte? Er hatte für die besten Magazine der Welt fotografiert – und für sie knipste er dämliche

Stoffe in langweiligen Arrangements! Chris trat gegen einen Metallkoffer. Aber das reichte nicht, um seine Wut abzureagieren. Er hatte die Nase voll von allem. Sollte Lena doch sehen, wo sie ohne ihn blieb! Vielleicht würde sie dann besser zu schätzen wissen, was sie an ihm hatte.

Chris verließ das Stofflager und wollte schon in seinen Wagen steigen, als ausgerechnet Stefan aus der *Fashion Factory* kam. »Sie gehen?«, fragte er erstaunt. »Ich dachte, die Aufnahmen sind so wichtig.«

Zuerst wollte Chris ihn einfach stehen lassen, doch dann überlegte er es sich anders und trat ihm gegenüber. »Ich bin nicht Frau Czernis Laufbursche«, sagte er grimmig. »Die Rolle überlasse ich lieber Ihnen.« Stefan versuchte zu beruhigen: »Ich bin hier nur der Techniker«, beschwichtigte er, »und Frau Czerni ist meine Chefin. Das ist alles.«

Chris lachte gereizt auf. Wollte der Kerl ihn für dumm verkaufen? Er wusste, was er gesehen hatte. Einen Moment dachte er daran, ihm gründlich die Meinung zu sagen. Aber dann ließ er es bleiben. Wozu auch? Stattdessen sagte er nur: »Bestellen Sie Lena das hier: Wenn sie Wert auf eine Fortsetzung sowohl unserer Zusammenarbeit als auch unserer Beziehung legt, kann sie mich ja anrufen.« Er stieg in den Wagen, ließ die Autotür mit einem heftigen Knall zuschlagen und brauste kurz darauf Richtung Pforte davon. Schon von weitem hupte er Ewald Kunze aus seinem Pförtnerbüro; offenbar wollte er keine Sekunde länger als nötig auf dem Firmengelände verschwinden.

War das nicht Chris Gellert?, dachte Wilfried Holzknecht, als er den Wagen des Fotografen von seinem Bürofenster aus über den Firmenhof jagen sah. Er wandte sich wieder seinen Gesprächspartnern zu; Wilhelm und Roland saßen in den bequemen Ledersesseln am anderen Ende des Raumes. Wie bei den meisten Besprechungen der letzten Zeit, berieten sie auch diesmal über die schwer einzuhaltenden Lieferfristen von *Merkentaler & Ande* sowie die Notwendigkeit eines Kredits, die immer offensichtlicher wurde.

Auch Wilfried konnte sich dem kaum noch verschließen, schon gar nicht, nachdem sich am Morgen herausgestellt hatte, dass neben *Capeitron* noch ein weiterer Interessent an *ACF*-Aktien auf den Plan getreten war: eine dubiose Firma, die sich hinter dem Namen *Investcorp* versteckte und allen Aktionären drei Euro über dem Tageskurs bot. Dies war ein Angebot, dem sich wohl die wenigsten der zuletzt so gebeutelten Kleinanleger verweigern würden. Man hatte nur davon erfahren, weil auch Kunze und sein Investmentclub ein entsprechendes schriftliches Schreiben erhalten hatten; Marion hatte es Wilfried am Morgen mit besorgter Miene vorgelegt. Die *Investcorp* hatte ihren Sitz in Frankfurt – genau wie die *SB-Bank*. Die Vermutung lag also nahe, dass Max Roemer hinter dieser Aktion steckte.

»Ich werde mit Lena reden«, schloss Wilfried das Gespräch und steckte den Brief ein, »und zwar gleich.«

Wilhelm und Roland blieben alleine zurück. Dass Roland ihm ohne sein Wissen einen Rückflug nach Mallorca gebucht hatte, verdross Wilhelm noch immer. Roland selbst hatte ihn doch gebeten, nach Augsburg zu kommen und ihm zu helfen. »Du brauchst keine Angst zu haben«, sagte Wilhelm in das verlegene Schweigen hinein, das nach Holzknechts Abgang den Raum füllte, »ich niste mich hier schon nicht auf Dauer ein – das ist es doch, was du befürchtest.« Roland schlug die Augen nieder. Das war Antwort genug. Sein Vater fügte hinzu: »Du glaubst vielleicht, du könntest auf meine Erfahrung verzichten. Aber die Firma kann es nicht.« Damit war klar, dass er bleiben würde, bis die aktuellen Bedrohungen abgewehrt waren.

Die beiden Männer erhoben sich. »Und was die Sache mit Frau Pfisterer angeht, die dir offenbar so schwer im Magen liegt«, sagte Wilhelm im Hinausgehen, »mach dir um die mal keine Sorgen. Dein Beschützerinstinkt in Ehren, aber ich denke, er ist völlig fehl am Platze. Die meisten Frauen wissen sehr genau, was sie tun. Sie wollen ihren Spaß und das war's. Und genauso solltest du es auch sehen.«

Erstaunt sah Roland seinen Vater an. Obwohl Wilhelm bekanntermaßen nie ein Kostverächter gewesen war, hatte Roland eher mit einer Moralpredigt gerechnet. Seit geraumer Zeit hatte sein Vater sich nämlich in der Rolle des lebenserfahrenen, zuweilen auch lebenssatten alten Weisen gefallen, der die Torheiten seines Daseins als solche erkannt hatte. Offenbar hatte Mallorca in vielerlei Hinsicht verjüngend auf ihn gewirkt. Und vielleicht war es doch nicht so schlecht, wenn er in der kommenden Abwehrschlacht die Kampfreihen bei *Althofer* verstärkte.

Im Vorzimmer teilte Marion Stangl Roland mit, dass Birgit ihn zu sprechen wünsche und ihn darum im anderen Büro erwartete. Roland wusste nicht, ob das ein Grund zur Freude war, denn er hatte nichts mehr von ihr gehört, seit sie die Villa vor einer Woche überstürzt verlassen hatte. Seine Versuche, sie telefonisch zu erreichen, waren von August abgeblockt worden. Er verabschiedete sich nun von seinem Vater, bedankte sich für die Hilfe und wandte sich mit gemischten Gefühlen dem anderen Büro zu.

Unterdessen hatte Wilfried Lena vor dem Gebäude der *Fashion Factory* angetroffen; sie war gerade auf dem Weg zu ihm. Ihr steckte noch immer das unangenehme Erlebnis mit Chris in den Knochen. Vielleicht war es besser, wenn jemand anders an ihrer Stelle das Foto-Shooting begleitete. Nur wer? Sie ahnte nicht, dass Chris seinen Job inzwischen einfach hingeschmissen hatte. Doch ehe sie Wilfried von ihren Absichten erzählen konnte, hielt der ihr schon den Brief der dubiosen *Investcorp* hin; sie las ihn mit Unbehagen.

»Könnte Max Roemer dahinter stecken?«, fragte Holzknecht.

Lena verneinte. Max wollte ihr beweisen, dass ohne ihn der Kurs ins Bodenlose fallen würde. Wenn er in großem Stil Aktien kaufte, würde er damit genau das Gegenteil erreichen, nämlich einen steigenden Kurs. Nein, wenn überhaupt, dann würde er warten, bis die *ACF* erneut am Abgrund stand, um sich als Retter in der Not anzudienen.

»Wer auch immer dahinter steckt«, meinte Wilfried,

»die Lage ist ernst. Wir werden vielleicht schon bald eine gut gefüllte Kriegskasse brauchen.«

»Du meinst, voller fremdem Geld?«

Wilfried nickte, wenn auch schweren Herzens. »Es lässt sich wohl nicht vermeiden.«

Lena atmete schwer. Hieß das nicht, dass man sich, um die Übernahme abzuwehren, an die Banken verkaufte? Und würde man dadurch nicht genauso seine Unabhängigkeit aufgeben? Offenbar war sie die Einzige, die diese Gefahr sah. Sie versprach Wilfried, darüber nachzudenken, und kehrte zurück in ihr Büro. Erst dort fiel ihr ein, dass sie ganz vergessen hatte, mit ihm über das Foto-Shooting zu reden. Dafür hatte sie eine Idee, wen sie mit der Aufsicht betrauen konnte: Birgit. Sie griff zum Telefon und wählte die Nummer der Meyerbeer'schen Villa.

Lena konnte nicht ahnen, dass Birgit zur gleichen Zeit am Fenster des Chefbüros stand und auf den Firmenhof hinabschaute. Sie wusste inzwischen wieder alles, was geschehen war. Dass die *ACF* in solche Turbulenzen geraten war, war allein ihre Schuld. Und wieso? Nur wegen ihres törichten Rachefeldzugs gegen Lena; nur weil sie ihr und aller Welt etwas hatte beweisen wollen. Wie dumm kam ihr all das jetzt vor.

Birgit wandte sich um und sah Roland an. Sie konnte nicht begreifen, dass er ihr keine Vorwürfe machte. Im Gegenteil, seine einzige Sorge galt ihr. Nachdem er die Pillenschachtel in der Tasche des Bademantels gefunden hatte, hatte er das Schlimmste befürchtet. Und wie erleichtert war er jetzt, als sie ihm versicherte, sie habe die Pillen nicht angerührt. Das ließ ihn sogar von einem Neuanfang und von seiner Liebe reden. »Wie kannst du«, fragte sie staunend, »nach allem, was ich angerichtet habe?«

»Das ist nicht wichtig«, erwiderte er, nahm sie an den Schultern und sah in ihre dunklen Augen, die ihm schöner als jemals zuvor erschienen. »Wichtig ist nur meine Liebe. Unsere Liebe.«

Birgit wusste nicht, was sie darauf antworten sollte. Sie konnten doch nicht einfach so tun, als sei nichts geschehen! Sie wusste nicht einmal, ob sie ihn noch liebte. Dieser tief sitzende Schmerz in ihrem Herzen – war das ihre Liebe? Und selbst wenn sie ihn noch liebte, genügte die Liebe wirklich, um alle Wunden zu heilen?

Birgit wurde einer Antwort enthoben, denn Marion Stangl klopfte an die Tür und teilte mit, Lena sei am Telefon und wolle sie sprechen. Lena hatte eine Weile herumtelefonieren müssen, bis sie erfahren hatte, wo Birgit steckte. Als sie sie nun bat, sie solle das Foto-Shooting im Stofflager überwachen, sagte Birgit begeistert zu. Endlich hatte sie wieder eine Aufgabe!

Lena hatte kaum aufgelegt, als Jörg die Post brachte. »Angela will die Boutique schließen«, teilte er ihr dabei mit. Überrascht sah Lena ihn an. Er erzählte nun von der Mieterhöhung, von Angelas Frustration darüber, dass die Kinderkollektion zurückgestellt worden war und dass Lena kaum noch Interesse an ihrer Arbeit zeigte.

Lena atmete schwer. Es stimmte: Sie hatte Angela in

letzter Zeit vernachlässigt. Doch es hatte ihr nur an Zeit und Energie, nicht an Interesse gemangelt. Und wieso hatte das Mädchen keinen Ton gesagt? Da hatte Lena eine Idee, wie aus dem voreiligen Handeln Angelas vielleicht doch noch etwas Gutes erwachsen könnte. »Glauben Sie, Angela wäre bereit, das Näh-Atelier zu leiten, bis Natalie zurückkommt? Danach können wir dann ja weitersehen, welche Aufgabe ihren Fähigkeiten angemessen ist.«

Zumindest Jörg gefiel die Idee ausgezeichnet, hatte er Angela dann doch näher bei sich. Sie würden ihre Pausen gemeinsam verbringen können und sich auch sonst häufig sehen. Und der Posten als Leiterin des Näh-Ateliers war ja nicht schlecht.

Jörg lief sogleich in die Näherei, um Angela die Neuigkeit zu überbringen und sie zu Lena zu bitten. Doch als er ankam, war sie nicht da. Sie habe gehen müssen, teilte Emma mit, wegen eines Termins in München. Jörg nickte. Davon hatte sie gesprochen, ohne zu erzählen, worum es sich dabei handelte. Eigentlich glaubte er nicht daran, dass es einen anderen gab; aber sicher sein konnte man natürlich nie.

Er wollte schon wieder gehen, als Emma ihm nachrief, er möge doch Angelas Tasche mitnehmen, die sie in der Hektik vergessen hatte. Als er die Umhängetasche nehmen wollte, entglitt sie seiner Hand, fiel zu Boden und entleerte dabei einen Teil ihres Inhalts, darunter einen zusammengefalteten Brief. Jörg hob ihn auf. Es war eigentlich nicht seine Art, die Post anderer Leute zu lesen, schon gar nicht von jemandem, den er liebte. Doch die Absenderangabe im Briefkopf ließ ihn stutzen: MCA – *Media Casting Agency*. Er konnte nicht widerstehen und las das gesamte Schreiben.

In großer Eile kehrte Jörg zu Lena zurück. Irgendwie war er erleichtert, weil Angela zumindest keinen anderen hatte. Andererseits: Wie würde es mit ihnen weitergehen, wenn seine Freundin angenommen wurde und sich dauernd bei Dreharbeiten befand? Wenn sie eines Tages vielleicht sogar ein Fernsehstar war, dem die Fans an allen Ecken auflauerten?

Lena war kaum weniger überrascht als Jörg, sah die Sache aber gelassener. Sie gönnte ihrer jugendlichen Freundin, einmal Erfahrungen ganz anderer Art zu machen. Und sie würde bestimmt bald merken, dass es beim Fernsehen genauso war wie in der Modebranche: Das bisschen Glamour, das es zuweilen gab, musste erst durch sehr viel harte Arbeit verdient werden.

Kaum war Jörg weg, stürzte Birgit herein und brachte eine Neuigkeit, die weit beunruhigender war als Angelas Ausflug in die Welt des Films. »Chris ist weg!«, teilte sie völlig außer Atem mit. »Und dieser Herr Gronewoldt fotografiert mit seinem Equipment!«

Gemeinsam verließen sie Lenas Studio. »Habt ihr euch verkracht, Chris und du?«, fragte Birgit auf dem Weg nach draußen.

»Er kann Beruf und Privatleben einfach nicht trennen«, entgegnete Lena verärgert, »und davon hab' ich die Nase voll!«

»Soll ich nach München fahren und rausfinden, was los ist?«

Lena schüttelte den Kopf. »Ich werde ihm nicht

nachlaufen. Wir suchen uns einfach einen anderen Fotografen.«

Als die beiden Frauen das Stofflager betraten, fanden sie Stefan hinter der Kamera, genau wie Birgit gesagt hatte. Er lichtete gerade eine Zusammenstellung dreier Stoffe ab, die er an einen Autoreifen drapiert hatte, und ließ sich dabei auch nicht stören. Lena flog mit großen Schritten auf ihn zu. »Sind Sie noch ganz bei Trost?«, fuhr sie ihn an.

Stefan blieb gelassen, er sah Lena nicht einmal an, sondern schaute angestrengt durch den Sucher und drückte dann ab. »Ich dachte, ich helfe Ihnen damit«, sagte er nun. »Aber Sie können natürlich auch Herrn Gellert anrufen und ihn bitten, seinen Job zu machen. Das soll ich Ihnen nämlich von ihm ausrichten. Und auch, dass er endlich wissen will, woran er mit Ihnen ist.«

Lena presste verärgert die Lippen zusammen. Das war mal wieder typisch Chris! Was bildete der sich eigentlich ein? Wenn er glaubte, sie würde jetzt auf Knien vor ihm herumrutschen, hatte er sich getäuscht. Zumindest beruflich waren sie geschiedene Leute; und wenn er sich nicht anders benahm, in Kürze wohl auch privat.

Während Birgit Lena zu überreden versuchte, Chris anzurufen und zurückzuholen, bot Stefan erneut seine Künste an. Beide Möglichkeiten missfielen ihr. Immerhin, das Arrangement, das Stefan sich ausgedacht hatte, zeigte Einfallsreichtum. Wie das Ganze auf dem Foto wirken würde, war freilich eine ganz andere Sache. Als Birgit erkannte, dass Lena Chris um keinen

Preis anrufen würde, sprach sie sich dafür aus, Stefan wenigstens eine Chance zu geben. In Ermangelung einer anderen Alternative stimmte Lena zu. Gleichzeitig wollte sie jedoch versuchen, einen Profi zu engagieren.

Birgit und Stefan machten sich sofort an die Arbeit. An der Tür drehte Lena sich noch einmal um und beobachtete die beiden einen Moment. Birgits Elan gefiel ihr; sie schien wieder ganz die Alte zu sein. Was jedoch beabsichtigte Stefan? Wieso legte er sich so ins Zeug? Wenn er glaubte, es gelänge ihm auf diesem Weg, sie für sich einzunehmen – dann hatte er Recht!

Die Worte seines Vaters klangen Roland noch in den Ohren: Manuela Pfisterer habe nur ihren Spaß gewollt. Von wegen! Die Sache zwischen ihr und Roland war ihr jedenfalls wichtig genug, einen Geschäftstermin in München zu einem Abstecher nach Augsburg zu nützen, um ihrem Geliebten eine Szene zu machen. Er hatte ihr nämlich am Telefon seine Gefühle für Birgit gestanden und, im Ton ganz sachlich, hinzugefügt, sie müsse deshalb verstehen, dass das auch zwischen ihnen alles ändere. Sie fragte ihn, was das denn für ihn sei, »alles«. Da Roland darauf keine Antwort wusste, legte sie einfach auf, um eine Stunde später in der Villa aufzutauchen.

Händeringend versuchte Roland, ihr seine missliche Lage verständlich zu machen: der vielfache Druck, unter dem er gestanden habe, geschäftlich wie privat: »Die Stunden mit dir haben mir Kraft gegeben.«

»Schön, dass ich helfen konnte«, erwiderte Manuela

sarkastisch und ging ans Fenster. Sie fürchtete, er könne in ihrem Gesicht lesen, wie sehr seine Worte sie verletzten. Keine Schwäche zeigen, das war ihre oberste Maxime, im Beruf wie im Privatleben.

»Auf Dauer kann ich Geschäft und Gefühl einfach nicht vermischen«, erklärte Roland.

»Das fällt dir natürlich erst ein, nachdem die Verträge unterschrieben sind.«

Sie wandte sich um. Roland bemerkte in ihren Augen ein Glitzern. Er erschrak – waren das Tränen?

»Willst du damit sagen, du hast dich für unsere Kollektion nur entschieden, weil du mich attraktiv fandest?«, fragte er.

»Nein, im Gegensatz zu dir kann ich Gefühl und Geschäft nämlich sehr gut auseinander halten.«

Nachdem sie ihm einen letzten vernichtenden Blick zugeworfen hatte, verließ sie den Raum. Wenig später hörte Roland das Taxi, das vor der Villa auf sie gewartet hatte, wegfahren.

Schwer fiel er auf einen Stuhl. Er wusste, dass er sich mies benommen hatte, und das war für ihn nicht leicht zu ertragen. Er fand Manuela schließlich nicht nur körperlich reizvoll, sondern empfand auch eine tiefere Zuneigung zu ihr; dies wurde ihm erst jetzt so richtig bewusst.

Nachdem er eine Weile seinen Gedanken nachgehangen hatte, vernahm Roland, wie erneut ein Auto vorfuhr. Er lief ans Fenster: Es war ein Taxi. Und heraus stieg – Dr. Dieter Lausitz! Kaum zu fassen! Wenn es um dubiose Geschäfte ging, insbesondere am Aktien- und Finanzmarkt, war dieser Mann nicht weit.

Roland hatte sogar selbst schon seit einiger Zeit erwogen, ihn anzurufen, denn wenn jemand etwas über die verschiedenen Übernahmeversuche wusste, dann war das Dr. Lausitz.

Strahlend wie immer betrat Dieter Lausitz den Konferenzraum. Eines musste man ihm lassen: Er war nicht nachtragend. Immerhin hatte er mit der Firmenleitung von *Althofer* bisher keine besonders guten Erfahrungen gemacht. Doch stets begegnete er den Althofers mit ausgesuchter Höflichkeit, hinter der sich allerdings füchsische Arglist verbarg.

»Seit Tagen will ich Sie schon anrufen«, erklärte Roland beim Shakehands und wies auf einen Stuhl.

»Ich kann mir auch denken, wieso«, entgegnete Lausitz, nachdem er sich gesetzt hatte, und grinste überlegen. Den anderen immer einen Schritt voraus zu sein war wichtiger Bestandteil seines Geschäftskonzeptes.

»Dann wissen Sie also, wer versucht, Anteile von *Althofer* aufzukaufen?«

»Natürlich.« Er grinste. »Ich!«

Das kam überraschend, und Roland wusste nicht, ob er mehr über das Eingeständnis selbst oder über die Offenheit, mit der es erfolgte, staunen sollte.

»Natürlich im Auftrag eines Kunden«, fügte Lausitz rasch hinzu. »Ich selbst würde in Ihren Laden nicht mal einen Hosenknopf investieren.« Er neigte sich ein wenig vor, um Vertraulichkeit zu simulieren. »Ich wäre allerdings nicht abgeneigt, Sie mit den nötigen Mitteln zu versorgen, um den Angriff abzuschmettern.«

Das war typisch Lausitz: Ohne jede Moral oder Loyalität zu kennen, hielt er hemmungslos nach allen Seiten die Hand auf. Hauptsache, seine Provision stimmte am Ende. Und das tat sie so gut wie immer.

»Sie kennen wirklich überhaupt keine Skrupel«, sagte Roland. Es schwang darin sogar ein gewisser Respekt mit.

Lausitz zuckte die Schultern. »Vor Ihnen steht der Kreditvermittler Lausitz. Den anderen Deal wickelt die *Investcorp* ab. Falls wir ins Geschäft kommen, bitte ich Sie, das auseinander zu halten.«

Roland lehnte sich zurück. Offenbar war Lausitz sich ziemlich sicher, dass es zu einem Geschäftsabschluss kommen würde. Doch eine Entscheidung war noch längst nicht gefallen. »Wer steckt hinter dem Angebot?«, fragte er. »Das muss ich wissen, und vorher läuft gar nichts.«

Lausitz zog höhnisch einen Mundwinkel hoch. »Können Sie sich das nicht selbst zusammenreimen? Es kommt nur jemand infrage, der schon eine Menge Anteile gehortet hat.«

»Die *Capeitron*?«, versetzte Roland sofort.

Lausitz hob abwehrend die Hände. »Das haben Sie gesagt! Von mir haben Sie das nicht!«

Nachdenklich sah Roland den schmierigen Geschäftemacher an. Dass die *Capeitron* ihr Vorhaben verschleierte, indem sie sich hinter einem anderen Namen versteckte, erschien logisch. Aber war Lausitz zu trauen? Natürlich nicht! Trotzdem war es vielleicht besser, ihn geschäftlich an sich zu binden, denn so würde man, wie verklausuliert auch immer, möglicherweise auch an Informationen über die Gegenseite kommen. Im Übrigen war er vermutlich der Einzige, der *Althofer* einen Kredit beschaffen konnte, nachdem Lena Max Roemer verprellt hatte.

Ein glücklicherer Mensch als Felix war wohl schwerlich zu finden: Der frisch gebackene Vater konnte sich gar nicht satt sehen an seinem kleinen Töchterchen, das den Namen Sarah bekommen sollte. Was für winzige Fingerchen sie hatte! Und dieses kleine Mäusenäschen! Alles an ihr war einfach bezaubernd und rührte Felix immer wieder zu Tränen des Glücks.

Doch auch die nicht weniger stolze Mama bekam ihren Anteil an Liebe und Bewunderung. Als die Wohnungstür hinter ihnen zugegangen war und er die Tragetasche mit dem schlafenden Kind abgestellt hatte, nahm er Natalie in den Arm, hieß sie zu Hause willkommen und küsste sie innig.

Allerdings: Was für ein Zuhause war das, in das sie heimkehrte? Eigentlich hatte Felix alles für den Umzug in Wilhelms Haus vorbereitet. Die Bilder waren abgehängt, das Geschirr in Kisten verpackt, das Mobiliar zum Teil von Decken verhüllt. Manches hatte er schon wieder ausgepackt und in den alten Zustand zurückversetzt, doch ganz fertig war er damit noch nicht.

Die jungen Eltern waren dabei, sich in ihrer chaotischen Wohnung einzurichten, als es klingelte. Felix konnte sich denken, wer das war: Lena. Er hatte sie nämlich gebeten, ein paar Sachen für ihn einzukaufen und vorbeizubringen. Tatsächlich kam sie mit zwei prall gefüllten Tüten herein, deren Inhalt Jörg für sie besorgt hatte. Sie stellte die Einkäufe in der Küche ab, um sich sogleich Natalie und dem Baby zuzuwenden. Sie hatte die neue Erdenbürgerin schon im Krankenhaus willkommen geheißen und war doch begierig, einen Blick auf sie zu werfen.

Da hörten sie plötzlich, wie unten die Tür aufgeschlossen wurde und jemand die Wohnung betrat. Die drei sahen sich fragend an. Wer platzte da einfach herein? Vor allem: Wie kam diese Person an einen Schlüssel? Felix ging, um nach dem Rechten zu sehen.

Im Flur stand eine junge Frau, die hier offenbar länger zu Besuch bleiben wollte, denn sie hatte gleich zwei Koffer mitgebracht. Als Felix die Treppe herabkam und fragte: »Was machen Sie hier?«, sah sie ihn entgeistert an:

»Das wüsste ich gerne von Ihnen«, antwortete die Frau.

Nun kamen auch Lena und Natalie hinzu.

»Wir wohnen hier«, erklärte Felix, noch immer ganz perplex.

»Falsch! Ich wohne hier!«, echote es von der Frau. »Antonia Kiefer ist mein Name.«

Felix schüttelte fassungslos den Kopf. Hatte er es hier mit einer geistig Verwirrten zu tun? Dabei machte sie eigentlich einen ganz gesunden Eindruck.

Um ihre Ansprüche zu untermauern, holte Antonia Kiefer ihren Mietvertrag aus einem der Koffer und reichte ihn ihm. Erst da begriff Felix, was hier vorging. Als es noch so ausgesehen hatte, als würde er mit seiner kleinen Familie aufs Land ziehen, hatte er eine Maklerin mit der Vermietung der Wohnung beauftragt und mit allen Vollmachten ausgestattet. Der Umzugsplan hatte sich zerschlagen und Felix hatte in all der Hektik der letzten Zeit ganz vergessen, die Maklerin zurückzupfeifen.

»Was machen wir denn jetzt?«, fragte er, nachdem er die anderen ins Bild gesetzt hatte. »Wir können doch nicht alle gleichzeitig hier wohnen.«

Antonia Kiefer wollte jedoch von ihrem Anspruch nicht abrücken; immerhin hatte sie einen gültigen Mietvertrag. Der Möbelwagen aus Hamburg, wo sie vorher gewohnt hatte, war unterwegs. Felix bot an, ein Hotelzimmer zu bezahlen, doch das schlug sie aus. Sie hasste Hotels, weil sie dort noch nie etwas Gutes erlebt hatte. Und dabei zählte sie eine Kakerlakenplage im Badezimmer noch zu den schöneren ihrer Hotelerlebnisse.

Natalie hatte den rettenden Einfall: Konnte Antonia nicht vorübergehend bei Lena wohnen? Die hatte doch ein Gästezimmer. Florian würde sich bestimmt auch über ein wenig Abwechslung freuen, und da Lena seit einiger Zeit Angelas Mutter für die Kinderbetreuung und als Haushaltshilfe angestellt hatte, würde der Gast auch keine zusätzliche Arbeit machen. Lena sah ein, dass es offenbar wirklich keinen anderen Ausweg aus der verfahrenen Situation gab und stimmte zu. Die anrollenden Möbel konnten einstweilen in einer Lagerhalle bei *Althofer* untergestellt werden. Bei so viel gutem Willen und spontaner Hilfsbereitschaft beharrte auch Antonia nicht länger auf ihrem Recht und ließ sich auf das Angebot ein.

Der Streit war eben beigelegt, als die kleine Sarah

lautstark ihre Bedürfnisse anmeldete – Stillzeit! Lena und Antonia wollten das junge Familienglück nicht länger stören und verabschiedeten sich. Auf der Fahrt zu ihrer neuen Bleibe erzählte Antonia, dass sie die Leitung eines Beratungscenters bei einer Bank übernehmen sollte. Ausgerechnet, dachte Lena.

In der Wohnung angekommen, zeigte sie Antonia alles, was sie wissen musste, und gab ihr einen Wohnungsschlüssel. Die neue Mitbewohnerin war begeistert: Die wunderbare Lage mitten in der Stadt, dann auch noch gemütlich unter dem Dach – so würde sie gerne auf Dauer wohnen!

Lenas Handy klingelte; Holzknecht rief an. Er sagte mit ironischem Unterton, er habe gleich mehrere »gute« Nachrichten. Zum einen war Chris wieder aufgetaucht, um die hingeworfene Arbeit zu beenden. Als er jedoch gesehen habe, dass bereits Ersatz gefunden war, habe er sich auf dem Absatz umgedreht und sei wieder abgerauscht. Dass auch noch ein blutiger Amateur seine Arbeit beende, habe wohl zusätzlich an seiner Eitelkeit gekratzt.

»Und die andere Neuigkeit?«, wollte Lena wissen, denn über Chris wollte sie heute kein Wort mehr hören.

»Wir wissen jetzt, wer sich hinter *Investcorp* versteckt«, teilte Wilfried mit. »*Capeitron*.«

Irgendwie überraschte Lena das nicht einmal.

»Ich habe das von Roland«, fuhr Wilfried fort. »Und weißt du, woher der es weiß? Von niemand Geringerem als Dr. Lausitz, der als Zwischenhändler auftritt. Aber es kommt noch besser: Lausitz hat Roland einen

Kredit angeboten, falls wir kontern wollen. Der nimmt die Provisionen, wo er sie kriegen kann.«

Ungläubig schüttelte Lena den Kopf. Was Wilfried berichtete, vergrößerte das eigentliche Rätsel noch, statt es zu lösen. Wieso setzte eine Holding im fernen Südafrika plötzlich alles daran, ein mittelständisches Textilunternehmen unter seine Kontrolle zu bringen, dessen Aktienkurs zudem erst vor kurzem abgestürzt war? Das ergab einfach keinen Sinn.

Lena versprach, so schnell wie möglich in die Firma zu kommen, und legte auf. Nachdem sie sich versichert hatte, dass Antonia alles hatte, was sie brauchte, schrieb sie für Frau Materna eine Nachricht. Diese sollte schließlich keinen Schock bekommen, wenn sie mit Florian vom Spielplatz zurückkam und eine fremde Frau in der Wohnung vorfand.

Als Lena wieder in ihrem Studio saß, rief sie als Erstes Chris an. Er war noch ziemlich aufgebracht, doch sie ließ sich davon nicht einschüchtern. »Ich glaube nicht, dass eine weitere Zusammenarbeit unter diesen Umständen Sinn hat«, sagte sie mit kaltem Zorn.

»Wie?«, fuhr Chris auf. »Kündigst du mir?«

»Allerdings.«

»Das kannst du gar nicht! Weil ich nämlich schon vor Stunden gekündigt habe!«

Damit legte er auf.

Auch gut, dachte Lena.

Weniger gut war, dass sie nun völlig ohne Fotograf dastand. Auf Stefans Fotokünste setzte sie jedenfalls keine besonderen Hoffnungen. Um zu sehen, wie es mit dem Shooting voranging, begab sie sich ins Stofflager, wo Stefan und Birgit gerade eine Kaffeepause einlegten.

»Wie ist es bisher gelaufen?«, wollte Lena wissen.

»Für einen Hobbyfotografen nicht einmal schlecht«, antwortete Birgit.

»Aua«, kam es sogleich von Stefan, »das hat wehgetan!«

Offenbar doch nicht so sehr, denn er lachte gleich wieder, und die beiden Frauen fielen ein. Wenn die Fotos so gut waren wie die Stimmung, ließ sich vielleicht doch etwas damit anfangen.

Birgit erbot sich, die leeren Kaffeetassen in die Kantine zurückzubringen. Stefan blieb alleine mit Lena zurück, und das war ihm keineswegs unangenehm. Sie sahen sich einen Moment schweigend an. Lena spürte eine Spannung in ihrem Bauch. Sie musste jetzt unbedingt etwas sagen, denn dieses Schweigen, das nur von Blicken erfüllt war, drohte gefährlich zu werden.

»Danke für Ihr Engagement«, sagte sie. »Sie hätten das nicht tun müssen.«

»Ich wollte es aber.« Es schien, als wolle er noch etwas sagen, doch er zögerte. Schließlich wagte er es doch. »Dieser Chris Gellert, ist das Ihr Freund?«

»*Ein* Freund«, betonte Lena. »Zumindest hoffe ich, dass er das immer noch ist.«

»Traurig?«

»Sie sind aber ganz schön neugierig.«

Er zuckte die Achseln. »Nur interessiert.« Dann wandte er sich wieder der Kamera zu. Nach kurzem kehrte auch Birgit zurück und die Arbeit konnte weitergehen.

Auf dem Weg in ihr Studio, wo noch eine Menge Arbeit auf sie wartete, begegnete Lena Angela. Das Mädchen hatte sie eben aufsuchen wollen. »Was machst du nur für Sachen?«, sagte Lena gleich, ohne ihrer jungen Freundin wirklich böse zu sein. »Wieso hast du nicht mit mir über deine Probleme gesprochen?«

»Wie hätte ich das denn tun sollen?«, verteidigte sich diese. »Ich hab' dich ja kaum noch gesehen. Und wenn mir Jörg nicht eben gesagt hätte, dass du mir die Leitung des Näh-Ateliers anbieten willst, wüsste ich es bis jetzt nicht.«

Da hatte sie allerdings nicht ganz Unrecht.

»Und wie war dein Casting?«

»Erfolgreich, die wollen mich nehmen. Und gleich für eine Hauptrolle! Stell dir das nur vor!«

Lena nahm sie in den Arm. »Gratuliere!«

Angelas eben noch freudvolle Miene wurde ernst. »Und du bist mir wirklich nicht böse?«

»Natürlich bin ich dir böse! Weil ich jetzt unzählige Bewerbungsgespräche führen muss, um die Stelle zu besetzen!«

Sie drückte Angela noch einmal an sich, dann ging sie weiter in ihr Studio.

Als Lena ihre Arbeit an diesem Tag beendete, war es draußen schon dunkel. Sie verließ die *Fashion Factory* und war schon bei ihrem Auto, stieg jedoch nicht ein. Irgendetwas ließ sie an Stefan denken. Es gefiel ihr, wie er sich für die Firma engagierte. Dabei wusste sie ganz genau, dass er es nicht für die Firma tat, sondern für sie. Sie dachte plötzlich wieder daran, wie sie mit ihm getanzt hatte. Das war schön gewesen, wie überhaupt der ganze Abend mit ihm. Schon lange hatte sie sich bei niemandem mehr so geborgen gefühlt. So, als würde sie ihn schon lange kennen. Dabei war er ein Fremder für sie, ein Mann, der nicht zu durchschauen war. Aber gerade diese Mischung aus Geheimnisvollem und Vertrautem machte ihn besonders reizvoll.

Lena gab einem Impuls nach und ging zum Pausenhof am Kanal. Sie wollte Stefan jetzt sehen, auch wenn sie nur wenige Worte wechseln würden. Schon von weitem hörte sie seine Stimme. Sie blieb kurz stehen und horchte: Hatte er etwa Besuch? Sie wusste, dass ein paar Mädels aus dem Call-Center ihn umschwärmten. Da sie sonst niemanden vernahm, schloss sie aber, dass er wohl telefonierte.

Langsam, im Schutz der Dunkelheit, kam Lena näher. Stefan saß vor dem Campingbus und schien bester Dinge. Vergnügt erzählte er jemandem von seiner neuen Verwendung als Fotograf. Doch dann sagte er etwas Merkwürdiges: »Ich glaube, sie hat angebissen.« Was meinte er damit? Lena blieb stehen. Jetzt ging es plötzlich um eine Wohnung, die er offenbar verkaufen wollte. Der Name Kapstadt fiel, Geldsummen wurden genannt. Schließlich sagte er: »Ich brauche noch mindestens zwei Wochen. Dann weiß ich, was hier läuft und mach' 'ne Fliege.«

Lena wusste nicht, was sie davon halten sollte. Wer war dieser Mann? Weshalb war er wirklich bei *Althofer*? Jedenfalls nicht aus dem Grund, den er angegeben hatte. Was für ein Spiel spielte dieser Stefan Gronewoldt mit ihnen allen – und vor allem mit ihr?

So leise wie möglich machte Lena kehrt und verschwand zwischen den Fabrikgebäuden. Stefan musste aber doch etwas bemerkt haben, denn sie hörte ihn hinter sich rufen: »Ist da jemand?«

Lena antwortete nicht.

Schnäppchenjagd

Schlagartig blieb Lena stehen; sie hätte die Begegnung mit Stefan lieber vermieden. Schon die ganzen letzten Tage war sie ihm aus dem Weg gegangen. Doch diesmal ließ es sich wohl nicht vermeiden, denn er kam geradewegs auf sie zu – und hatte auch noch dieses wunderbare Lächeln auf den Lippen.

Er fragte sie nach Chris – ausgerechnet! Ob es Chris versöhnlicher gestimmt habe, dass auch seine Fotos nicht genommen worden waren. Lena hatte kurzfristig eine Profi-Fotografin aufgetrieben, die die Bilder schließlich gemacht hatte. »Herr Gellert fotografiert längst wieder am anderen Ende der Welt«, gab sie nun schmallippig zurück. »Er wird hier also so schnell nicht wieder auftauchen.«

»Wie bedauerlich.« Ein ironisches Lächeln umspielte seine Mundwinkel.

»Vermissen Sie ihn etwa?«, versetzte Lena kühl.

»Und Sie?«

»Ich wüsste nicht, was Sie das angeht.«

Stefan stutzte angesichts dieser barschen Antwort. Was hatte sie mit einem Mal?

Um wie viel mehr hätte er sich gewundert, wenn er gewusst hätte, dass Lena Jörg Tetzlaff beauftragt hatte, ihn zu beschatten, um herauszufinden, was er die ganze Zeit trieb. Sie hatte ihn im Verdacht, ein Maulwurf der *Capeitron* zu sein, nur hier, um *Althofer* auszuspionieren. Vermutlich gehörte es mit zu seinem Auftrag, sie mit ein wenig Süßholzraspeln einzuwickeln, damit sie ihm Interna der Firma preisgab. Aber darauf würde sie nicht hereinfallen; nicht mehr.

Ohne ihn eines weiteren Blickes zu würdigen, ließ Lena ihn stehen und ging in ihr Studio. Seufzend nahm sie an ihrem Arbeitstisch Platz. Sobald der Zorn auf Stefan ein wenig nachließ, spürte sie den Schmerz über die enttäuschte Hoffnung umso deutlicher. Dabei wusste sie nicht einmal, ob sie sich je mit ihm eingelassen hätte. Trotzdem tat es weh.

Wie immer, wenn sie Herzschmerzen hatte, stürzte Lena sich in die Arbeit. Und davon gab es ja reichlich: Sie nahm eine Modezeichnung, die sie unfertig liegen gelassen hatte, wieder in Angriff. Doch schon nach kurzer Zeit wurde sie von Daniel Kruse gestört.

Mit theatralischer Leidensmiene kam er ihr entgegen. Da Angela für die Leitung des Näh-Ateliers nicht zur Verfügung stand, hatte Lena Kruse damit betraut. Er empfand das natürlich als völlig unter seiner Designer-Würde und ließ auch keine Gelegenheit aus, seiner Chefin dies mitzuteilen. Sie konnte ihn nur bei

Laune halten, indem sie seiner Eitelkeit mit reichlich Komplimenten schmeichelte. Auch jetzt war er nur gekommen, um sein Leid zu klagen. »Ohne dich wäre ich doch völlig aufgeschmissen«, versicherte sie ihm daraufhin.

»Wirklich?«, fragte er zurück.

Nachdem sie es ein paar Mal mit anderen Worten wiederholt hatte, kehrte er äußerst besänftigt ins Näh-Atelier zurück. Doch Lena wusste, dass es nicht lange dauern würde, bis er wieder da war.

Lena wollte gerade an die Arbeit gehen, als Wilfried vorbeikam. Er hatte mitbekommen, dass Jörg hinter Stefan herschlich und fragte sich, was das zu bedeuten habe. Lena tat zuerst so, als überrasche das auch sie, doch dem scharfsinnigen Wilfried konnte sie nichts vormachen. »Ich dachte, wir sind ein Team«, sagte er vorwurfsvoll.

Nach kurzem Zögern erzählte ihm Lena von dem Telefonat, das sie belauscht hatte. »Es ging dabei um eine Wohnung in Kapstadt.« Während Wilfried sich noch wunderte, wieso sie Stefan überhaupt zu später Stunde aufsuchen wollte, fügte sie hinzu: »Irgendetwas stimmt nicht mit ihm.« Als er die Trauer in Lenas Gesicht bemerkte, fiel es ihm wie Schuppen von den Augen: Sie war in Stefan verliebt.

Lena erkannte an seinem Blick, dass er sie durchschaut hatte, doch sie wollte jetzt nicht darüber reden. Schließlich erlöste Wilfried sie aus dem bedrückenden Schweigen, indem er versprach, sich Stefans Unterlagen noch mal anzusehen und ein paar Telefonate zu führen, die vielleicht Aufschluss bringen würden.

Aufschluss erhoffte Lena sich auch von Jörg, als dieser einige Zeit später hereinkam. Jörg machte das Detektivspielen wenig Spaß, außerdem fühlte er sich überfordert, da er von seinen anderen Pflichten mangels Vertretung nicht entbunden werden konnte. Besonders ertragreich war sein Ausflug ins Spionagefach bisher auch nicht gewesen: Stefan telefoniere zwar viel mit seinem Handy, berichtete er, doch mit wem und worüber, habe er nicht herausfinden können. Es gebe auch keine konspirativen Treffen mit irgendjemandem, weder auf dem Firmengelände noch anderswo.

Nachdenklich sah Lena vor sich hin. Langsam wusste sie nicht mehr, ob ihr Misstrauen gegen Stefan wirklich berechtigt war. Dass er eine Wohnung in Kapstadt besaß, musste noch nichts heißen. Und was er darüber hinaus gesagt hatte, konnte sie missverstanden haben. Dennoch mahnte eine innere Stimme sie zur Vorsicht; sie bat Jörg, wenigstens noch an diesem Tag an Stefans Fersen zu bleiben.

Roland musste das Fax von *Merkentaler & Ande* zweimal lesen, doch selbst dann konnte er nicht glauben, was dort stand. Es musste sich um einen Irrtum handeln. Er war sich doch mit Manuela einig gewesen, dass die Lieferzeiten von zehn auf dreizehn Tage verlängert wurden. Das war allerdings, bevor er die Affäre beendet hatte. Trotzdem – Vereinbarung war Vereinbarung.

Roland rief Manuela sofort auf dem Handy an. Sie schien seinen Anruf erwartet zu haben, sie wirkte jedenfalls nicht überrascht. Kühl erläuterte sie ihm, was er auch so wusste: dass in den Verträgen nach wie vor die alten Lieferzeiten standen, während man die neuen Lieferzeiten nur mündlich vereinbart hatte, und selbst das nur unter Vorbehalt. »Ich habe zugesagt, mit dem Vorstand darüber zu sprechen. Aber der Vorstand hat abgelehnt.« Ihre Stimme klang kalt wie Stahl.

»Du hast abgelehnt!«, warf Roland ihr vor. »Und zwar, weil du wütend auf mich bist!«

»Du überschätzt dich maßlos«, gab sie zurück.

»Wo bist du?«

»In München.«

Roland überlegte: Für den Nachmittag hatte er eine Besprechung einberufen, bei der über die Aufnahme eines Kredits abgestimmt werden sollte. Doch bis dahin war noch Zeit. »Ich könnte in einer Stunde bei dir sein«, sagte er.

»Nein!«, fuhr sie auf. »Was denkst du dir eigentlich!«

Roland atmete schwer. »Warum tust du das, Manuela?«, fragte er. »Wir waren uns doch einig.«

Manuela blieb unerbittlich. »Du kennst die Verträge«, sagte sie nur. »Haltet euch daran oder ihr seid draußen – plus Konventionalstrafe, versteht sich.«

Roland wollte noch etwas sagen, doch sie hatte schon aufgelegt. Nachdenklich rieb er sich das Kinn: Wie sollte es jetzt weitergehen? Er war mit seinem Latein am Ende. Aber vielleicht fand ja sein Vater in dem reichen Erfahrungsschatz, den er so gerne ins Feld führte, etwas, das ihnen helfen konnte.

Roland nahm sein Sakko von der Stuhllehne und zog es im Hinausgehen an. Auf dem Weg zur Verwaltung, wo Wilhelm in seinem alten Büro residierte, klingelte sein Handy; Birgit war dran. Sie sagte, sie sei im Krankenhaus. Roland blieb erschrocken stehen. Als er erfuhr, dass es um ihren Vater ging, war er zumindest ein wenig beruhigt, zumal es nichts Ernstes war: ein Kreislaufkollaps. Kein Wunder, nach all dem, was August in den letzten Monaten durchgemacht hatte. Wie Roland im Hintergrund vernahm, war er aber wohl schon wieder putzmunter: Er verwahrte sich lautstark gegen den ärztlichen Aufwand, der um ihn betrieben wurde. Doch Birgit machte ihm unmissverständlich klar, dass er um die Untersuchungen nicht herumkommen würde. Murrend fügte er sich in sein Schicksal. Birgit teilte Roland noch mit, dass sie bei ihrem Vater bleiben wolle und deshalb wohl nicht an der Besprechung am Nachmittag teilnehmen könne. Aber als Roland sie bat, wenn irgend möglich zu kommen, zumal nun auch August ausfiel, versprach sie, ihr Möglichstes zu tun.

Roland steckte das Handy ein und wollte schon weitergehen, da machte er eine Beobachtung, die ihn stutzen ließ: Er sah, wie Stefan Gronewoldt die Weberei verließ und Richtung Pausenhof ging. Nur wenig später kam Jörg Tetzlaff und folgte ihm, sichtlich bemüht, von Ersterem nicht bemerkt zu werden; er nutzte jede Deckung, die sich ihm entlang des Weges bot. Was hatte das zu bedeuten? Mit einem Schulterzucken setzte Roland seinen Weg fort.

Sein Handy am Ohr, schloss Stefan den Camper auf. Was Bob ihm aus Südafrika berichtete, gefiel ihm nicht. Seine Wohnung in Kapstadt brachte nicht den erhofften Erlös und Katharina hatte zudem ein Angebot für die zweihunderttausend Acres abgegeben. Während Stefan in den Camper stieg, bedrängte ihn Bob, er solle seine Anteile verkaufen, mit dem Geld ließe sich viel erreichen. Stefan wollte nichts davon wissen: »Ich werfe meiner Schwester *Capeitron* nicht in den Rachen«, sagte er und nahm eine Flasche Wasser aus dem Kühlschrank.

»Also ist es doch eine persönliche Sache«, versetzte Bob.

»Natürlich ist es persönlich. Es ist immer etwas Persönliches.«

Stefan ließ sich auf einem Campingstuhl nieder, schraubte mit einer Hand die Flasche auf und trank.

»Es geht aber nicht nur um deine Schwester, hab' ich Recht?«, fragte Bob nach kurzem Schweigen scharfsinnig. »Es ist diese Frau in Augsburg – diese Czerni.«

Stefan lächelte; er hatte Bob nicht viel über Lena erzählt. Doch das hatte diesem offenkundig genügt, um das Richtige daraus zu schließen. Es war nicht leicht, vor Bob Geheimnisse zu haben. Dennoch sagte er nur: »Ich will mein Erbe, sonst nichts. Aber ich muss jetzt Schluss machen. Ich melde mich wieder.«

Stefan legte das Handy auf den Campingtisch vor sich und nahm einen kräftigen Schluck Wasser. Dann begab er sich in den Campingbus, um sein verschwitztes Hemd gegen ein frisches zu tauschen.

Jörg kauerte hinter einem Mauervorsprung, der leider nicht nah genug dran war, als dass er von dem Telefonat etwas hätte verstehen können. Wenig später kehrte Stefan zurück, schloss den Campingbus ab und ging in Richtung Fertigungshallen davon. An sein Handy dachte er in diesem Moment offensichtlich nicht, es blieb verlassen auf dem Campingtisch zurück.

Das war Jörgs Chance: Er stürzte aus seinem Versteck, nahm das Handy und öffnete das Adressverzeichnis. Es musste jetzt schnell gehen, denn einem Dauertelefonierer wie Stefan würde das Fehlen seines besten Stückes sicher schnell auffallen. Hastig notierte Jörg die ersten Nummern in dem Verzeichnis auf einen Block. Alles Anschlüsse im Ausland, wie ihm an den ungewöhnlichen Zahlenfolgen sogleich auffiel. Dann legte er das Handy zurück an seinen Platz und hastete davon.

Und es war keine Sekunde zu früh: Stefan hatte bereits bemerkt, dass er sein Telefon nicht bei sich hatte, und war umgekehrt. Als Jörg ihm entgegenkam, dachte er sich nichts dabei, sondern grüßte ihn freundlich. Jörg grüßte zurück.

Wilfried holte Lena vor der Besprechung in ihrem Studio ab. Inzwischen hatte er Stefans Referenzen genauer unter die Lupe genommen und dabei war ihm aufgefallen, dass alle Personen, die dort als Ansprechpartner für Rückfragen genannt wurden, direkt oder indirekt mit *Capeitron* zu tun hatten. Der Hauptsitz von *Capeitron* befand sich in Kapstadt; und genau dort wollte Stefan gerade eine Wohnung verkaufen. Ein Kreis schien sich zu schließen. »Das könnte natürlich auch ein Zufall sein«, gab Wilfried zu bedenken.

»Glaubst du an diese Art von Zufällen?«, fragte Lena.

Wilfried schwieg, doch seiner Miene war abzulesen, dass er es nicht tat. Er versprach, seine Nachforschungen nach der Sitzung fortzuführen.

Im Besprechungszimmer der Villa erwarteten Roland und Wilhelm bereits ungeduldig die anderen Sitzungsteilnehmer. Da nicht sicher war, ob und wann Birgit kommen würde, eröffnete Roland, nachdem Lena und Wilfried sich gesetzt hatten, die Beratung. Er führte allen noch einmal in aller Deutlichkeit vor Augen, mit welcher Art von Bedrohung man es zu tun hatte: *Capeitron* habe sich darauf spezialisiert, kleine Firmen aufzukaufen und in Einzelteile zu zerlegen; die zum eigenen Geschäft passenden Bereiche verleibte man sich ein, der Rest wurde mit möglichst hohem Gewinn veräußert. Nach dem Kursverfall der Aktie war die *ACF* für solche Finanzpiraten geradezu ein Schnäppchen, zumal der veraltete Maschinenpark *Althofer* zusätzlich ausbremste und eine rasche Erholung des Umsatzes und damit auch des Kurses verhinderte.

Lena verstand natürlich, worauf er hinaus wollte: auf die Schwierigkeiten mit *Merkentaler & Ande.* »M & A hat längeren Lieferzeiten zugestimmt«, warf sie ein.

»Es wird keine längeren Lieferzeiten geben«, versetzte Roland knapp und erntete betroffenes Schweigen und erstaunte Mienen von allen Seiten.

»Es gibt doch Verträge«, wandte Wilfried ein.

»In den Verträgen stehen die alten Lieferzeiten«, erklärte Roland. »Alles andere waren mündliche Vereinbarungen.«

»Die sind genauso gültig«, meinte Lena. Sie wusste natürlich, dass andernfalls die leidige Diskussion um die Aufnahme eines Kredites wieder neu aufflammen würde.

Ehe jemand auf ihren Einwand antworten konnte, eilte Birgit herein. Sie hatte ihren Vater aus dem Krankenhaus nach Hause gefahren, dort hatte man ihm eine Diät verordnet, die ihm gar nicht schmeckte. Roland fasste für sie kurz das bisher Gesagte zusammen. »Frau Pfisterer war doch einverstanden«, entgegnete sie. »Woher der plötzliche Sinneswandel?«

Roland schlug die Augen nieder und murmelte etwas von Differenzen in Detailfragen, doch Birgit ahnte, dass etwas anderes dahinter steckte. »Soll ich mal mit ihr reden?«, fragte sie.

»Auf keinen Fall!«, wehrte Roland sogleich heftig ab.

Birgit schaute in die Runde. Wilhelm und Holzknecht taten so, als würden sie in ihren Notizen lesen, und selbst Lena wich ihrem Blick aus. Erst da dämmerte ihr, was wohl wirklich hinter Frau Pfisterers plötzlicher Absage steckte.

Holzknecht ergriff das Wort. Ein kurzer Seitenblick streifte Lena; was er gleich sagen würde, würde ihr nicht gefallen. Doch er konnte keine Firmenpolitik vertreten, die er für falsch hielt, zumal die Schwierigkeiten mit *Merkentaler & Ande* die Lage dramatisch verschärften. »Ich stimme Roland zu, dass wir die *ACF* auf ein solides finanzielles Fundament stellen müssen«, sagte er und drehte dabei nervös einen Kugelschreiber zwischen den Fingern.

Lena sah ihn erstaunt an. Wie kam er dazu, so etwas zu sagen? Er hatte zwar zuweilen Zweifel an ihrer Position geäußert, doch hatte sie geglaubt, es gäbe ein stillschweigendes Einvernehmen zwischen ihnen, dass er sie dennoch unterstützte. Wenn er schon nicht mehr auf ihrer Seite stand, hätte er ihr das zumindest vorher sagen können.

Doch es kam noch dicker für Lena; Wilhelm stieß nämlich ins gleiche Horn: Ein Kredit gäbe der Firma Handlungsspielraum, er böte die Chance, die Aktienmehrheit zurückzubekommen und neue Maschinen anzuschaffen, mit denen die Lieferzeiten von *Merkentaler & Ande* einzuhalten seien. Wilhelm war anzusehen, wie schwer es ihm fiel, offen gegen Lena aufzutreten, doch das tröstete sie nur wenig.

»Ich bin auch dafür«, fiel Birgit munter ein. »Stimmen wir also ab.«

Nacheinander hob jeder die Hand – bis auf Lena. Ihre Enttäuschung verwandelte sich in Wut. Hastig stopfte sie ihre Sachen in die Tasche und verließ den Raum – sie wollte nur noch weg. Wilfried eilte ihr nach und holte sie auf der Treppe ein.

»Was sollte das?«, fuhr sie ihn an. »Was wolltest du mir damit beweisen? Wie konntest du mir so in den Rücken fallen!«

Wilfried seufzte. Er bedauerte nicht, was er getan hatte, nur, dass er sich nicht vorher mit ihr hatte abstimmen können. Doch die geplatzte Vereinbarung mit *Merkentaler & Ande* hatte nun einmal eine schnelle Entscheidung verlangt.

»Als du einen Teil deiner Aktien verkauft hast, um Max Roemer den Kredit zurückzuzahlen«, sagte er nun, »haben wir uns beide von unseren Gefühlen leiten lassen. Wir wollten vor allem Herrn Roemer los werden. Über die Risiken haben wir zu wenig nachgedacht.«

Lena begriff, was er damit sagen wollte: Durch den Verkauf ihrer Aktien hatten sie die Mehrheit verloren und waren somit zur Beute von Finanzpiraten geworden. »Dann ist es also meine Schuld?«, fragte sie. »Ist es das, was du mir sagen willst?« Ihr Zorn hatte sich abgeschwächt und hatte einer bohrenden Ungewissheit Platz gemacht, die sie in sich gefühlt hatte, seit die Übernahmeabsichten der Südafrikaner bekannt geworden waren. Wilfried hatte nur ausgesprochen, was sie selbst sich auch schon lange fragte – und wahrscheinlich auch jeder andere.

»Es ist einfach zu viel«, sagte er nun vorsichtig. »*Capeitron* im Nacken, die Vereinbarung mit Frau Pfisterer geplatzt – wenn wir nicht schnell handeln, wird es die *ACF*, die wir kennen, bald nicht mehr geben.«

»Und wenn ihr euch irrt?«, fragte Lena mit einem Anflug von Verzweiflung in der Stimme. »Wenn *Capeitrons* Interesse an uns einen ganz anderen Grund hat?« Welcher das allerdings sein sollte, das konnte auch sie sich nicht vorstellen.

»Mit einem Kredit sind wir auf jeden Fall auf der sicheren Seite«, erklärte Wilfried. »Wir können die Aktienmehrheit zurückkaufen und neue Maschinen anschaffen. Aber wenn du dich irrst, verlieren hier viele ihren Arbeitsplatz – und du verlierst das, wofür du gearbeitet hast. Willst du das Risiko eingehen?«

Lena atmete schwer. Was er sagte, klang so vernünftig – und doch wehrte sich alles in ihr dagegen. Sie musste das erst verdauen und ihre Position neu bestimmen. Im Moment war ihr, als brächen sämtliche Sicherheiten weg. Worauf konnte sie in Zukunft noch vertrauen, wenn ihre Intuition, auf die sie sich so lange verlassen hatte, sie nach Meinung aller in die Irre geführt hatte? Sie bemühte sich um ein versöhnliches Lächeln, das nur leidlich gelang, und ging weiter.

Wilhelm stand oben an der Treppe. Er hatte den letzten Teil des Gesprächs mitbekommen und tauschte mit Wilfried einen bedauernden Blick. Sie fühlten sich beide nicht wohl bei dem, was sie getan hatten. Wilhelm stieg nun die Stufen herab, die ihn von Wilfried trennten. »Ich rede nachher mit ihr«, versprach er. »Wir haben auf jeden Fall das Richtige getan. Das wird Lena auch noch einsehen.«

Birgit hatte im Besprechungszimmer ungeduldig gewartet, bis Wilhelm gegangen war und sie Roland für sich alleine hatte. Als die Tür hinter Wilhelm zugegangen war, setzte sie sich neben Roland auf die Tischkante und sah ihn an. Roland wagte kaum, ihren Blick zu erwidern; unruhig rutschte er auf seinem Stuhl herum.

»Was läuft da zwischen Frau Pfisterer und dir?«, fragte sie.

»Nichts.« Seine Stimme war dünn wie Papier und genauso trocken.

»Warum soll ich dann nicht mit ihr sprechen?«

»Weil das nicht deine Sache ist. Ich mische mich ja auch nicht ins Marketing ein.«

»Du warst noch nie ein besonders guter Lügner.«

Da Roland die Unerbittlichkeit ihres Blickes nicht mehr ertrug, stand er auf und lief, die Hände in den Hosentaschen, vor dem Fenster auf und ab. »Selbst wenn zwischen Manuela und mir etwas gewesen wäre, was würde das ändern?«

Er hat sie Manuela genannt, dachte Birgit. Was brauchte sie noch ein Geständnis? Sie konnte in seinem Gesicht und seinen Gesten lesen wie in einem offenen Buch. Und dennoch wollte sie es von ihm selbst hören: »War etwas zwischen euch?« Die Frage kam diesmal schärfer als zuvor.

Roland atmete tief ein. »Ja«, gab er zu.

»Immer noch?«

»Nein!«, fuhr er heftig auf.

»Aber als wir miteinander geschlafen haben …?«

Roland schloss die Augen. Dieses Gespräch hatte er unbedingt vermeiden wollen; was er auch sagte, es würde immer eine Mischung aus Wahrheit und Lüge sein. Er liebte Birgit mehr als Manuela, daran gab es keinen Zweifel. Er hatte sich mit Manuela nur aus geschäftlichen Gründen eingelassen. Auch daran war nicht zu rütteln. Doch zwischen diesen Gewissheiten verbargen sich unbequeme Wahrheiten und Erinnerungen: Die Stunden mit Manuela waren schön gewesen. Manuela war eine wundervolle Frau. Er würde sie vermissen. Und wenn es keine Birgit gegeben hätte …

Birgit gegenüber gab er sich jedoch sicher und fest: »Bei Manuela ging es ums Geschäft«, behauptete er. »Der Auftrag war lebenswichtig für unsere Firma.«

»Du meinst allen Ernstes, du musstest mit ihr ins Bett gehen, weil ich die Firma heruntergewirtschaftet habe?«, rief Birgit empört aus.

»Natürlich nicht!« Er trat einen Schritt näher, wagte jedoch nicht, sie zu berühren.

Birgit atmete hörbar. Zuerst hatte sie Rolands Geständnis getroffen, doch diese Betroffenheit hatte zu ihrer eigenen Überraschung nicht lange angehalten. Er hatte getan, was für die Firma notwendig war. Wie gerne er es getan hatte, stand auf einem anderen Blatt und war im Moment nicht von Bedeutung. Immerhin glaubte sie ihm, dass er sie liebte und nicht Manuela Pfisterer. Hätte er sie sonst mit seinen Liebesschwüren belagert, während sie ihn händeringend auf Distanz zu halten versuchte?

»Wo finde ich Frau Pfisterer?«, fragte Birgit nun.

Roland sah sie gleichermaßen erstaunt und beunruhigt an. »Was hast du vor?«

»Ich werde reinen Tisch machen. Das ist das Beste für die Firma und für uns.«

Roland horchte auf. Das hörte sich an, als würde es auch für sie beide eine Zukunft geben. »Heißt das –?«, setzte er an, doch sie fiel ihm sogleich barsch ins Wort: »Hör auf damit! Nach allem, was passiert ist, brauche ich Zeit für mich.«

Er nickte, auch wenn es ihm schwer fiel, ihre Ansage zu akzeptieren. Und da sie von ihrem Vorhaben, sich mit Manuela auszusprechen, nicht abzubringen war, sagte er ihr schließlich, wo sie sie finden konnte: im *Hotel Bavaria* in München.

Diesmal brachte sie auch die Arbeit nicht auf andere Gedanken. Immer wieder versuchte Lena, die Zeichnung zu vollenden, doch die Hand, die den Stift hielt, verharrte schwer wie Blei auf dem Papier. Sie war sich bei allem, was sie bisher getan hatte, stets so sicher gewesen, als hätte sie einen inneren Leitfaden. Natürlich hatte auch sie Fehler gemacht. Aber die grundsätzlichen Entscheidungen hatten nie zur Debatte gestanden.

Lena erhob sich und trat ans Fenster. Sie sah Stefan von einer Halle zu einer anderen gehen. Hatte sie nicht auch ihn völlig falsch eingeschätzt? Obwohl vieles darauf hindeutete, fiel es ihr noch immer schwer zu glauben, dass er nur hier war, um ihr Lebenswerk zu zerstören.

Da hörte sie eine vertraute Stimme ihren Namen sagen. Sie wandte sich um. Wilhelm stand in der Tür und kam, da sie ihn nicht von sich wies, näher. Roland hatte ihm eben mitgeteilt, dass Dr. Lausitz auf dem Weg sei. Niemand sonst könne derzeit einen Kredit in der Größenordnung auftreiben, wie die *ACF* ihn brauchte.

Lena nahm ein paar Stoffe, die über einer Stuhllehne hingen, und tat so, als wolle sie beginnen zu arbeiten.

»Wir mussten so entscheiden«, sagte Wilhelm. »Das ist keine Kritik an dir. Die Umstände erfordern es einfach.«

Lena blickte auf. »Ich konnte mich immer auf meine Intuition verlassen ... und auf dich.«

»Das kannst du nach wie vor!«, versicherte Wilhelm. »Ich war nur in diesem besonderen Fall anderer Meinung als du.«

»War es ein Fehler, den Kredit zurückzugeben?« Lena sah ihn voller Zweifel an. Er sagte nichts; doch dieses Schweigen sagte genug. »Ich weiß nicht mehr, was ich denken soll. Alle meine Entscheidungen, meine Gefühle, meine Einschätzungen anderer Menschen erscheinen mir plötzlich zweifelhaft. Und je unsicherer ich werde, desto größer wird das alles hier.«

»Und das macht dir Angst.«

Lena nickte. So voller Zweifel hatte Wilhelm seine Tochter noch nie erlebt. Tröstend nahm er sie in den Arm, streichelte ihr Haar und ihren Rücken.

»Wer so viel Verantwortung trägt wie du und keine Angst hat, ist töricht«, sagte er. »Wir haben alle Angst: Roland, Dr. Holzknecht, ich. Die Angst darf einen nur nicht lähmen. Und auch wenn du jetzt zweifelst, bist du noch immer die, die uns den Weg vorgibt. Du gehst voran, wir folgen.«

Lena löste sich aus der Umarmung. Sie fühlte sich wieder besser, sein Trost hatte gewirkt. Sie konnte ihm auch nicht mehr böse sein. »Ich bin so froh, dass du wieder da bist«, sagte sie.

Wilhelm lächelte. »Wenn es nötig ist, nehme ich dich gerne an der Hand. Aber du bestimmst den Weg; du allein.«

Sein Lächeln zu erwidern fiel ihr nicht leicht, zu viel war ungewiss und ihr Herz war noch immer schwer. Nachdem ihr Vater gegangen war, trat Lena ans Fenster. Es dauerte nicht lange, da sah sie einen Wagen zur Villa fahren; am Steuer saß Dr. Lausitz. Schon der Anblick dieses Mannes verursachte ihr eine Gänsehaut.

Mit forschen Schritten betrat Dieter Lausitz die Villa. Ihn verband eine seltsame Hassliebe mit dieser Firma und den Menschen, die hinter ihr standen. Gerne hätte er ihnen all die Niederlagen, die sie ihm zugefügt hatten, auf seine Weise vergolten, doch wenn es sie nicht mehr gegeben hätte, hätte ihm etwas gefehlt.

Natürlich bemerkte er sofort Rolands Anspannung, als dieser ihn im Besprechungszimmer empfing, ihm

Platz und Kaffee oder Cognac anbot. Letzteres lehnte er ab. Nun würde das Feilschen beginnen, und das gefiel ihm stets am besten. Er genoss es, seine Geschäftspartner, die sich ihrer Sache sicher wähnten, mit neuen Forderungen zu überraschen. Auch Roland wusste zuerst nicht, wie er reagieren sollte, als Lausitz seine Provision plötzlich um einen dreiviertel Prozentpunkt angehoben haben wollte. »Sie können gerne zu einer anderen Bank gehen«, fügte er mit gespitzten Lippen hinzu. Natürlich wusste er, dass Roland das nicht konnte. Denn wäre er zu ihm gekommen, wenn es eine andere Möglichkeit gegeben hätte?

So gerne Roland diesem Menschen, der bei allen Parteien abkassierte, die Tür gewiesen hätte, er musste seinen Forderungen zumindest entgegenkommen. »Ein halber Prozentpunkt, nicht mehr«, bot er.

Lausitz' überhebliches Lächeln wurde schmal wie ein Bleistiftstrich. »Sie sind nicht in der Position zu verhandeln.«

»Heute nicht«, versetzte Roland, »aber vielleicht bald. Und dann wollen Sie doch auch Geschäfte mit uns machen, oder?«

Lausitz überlegte. Er wollte es sich in der Tat nicht ganz mit den Althofers verderben, schon gar nicht wegen eines viertel Prozentpunktes. Deshalb stimmte er zu und streckte Roland die Hand hin. Der schlug ein, wenn auch nur kurz. Immerhin hatte Lausitz nur ein wenig nachgegeben, während die *ACF* für den ohnehin schon übertuerten Kredit nun noch mehr bezahlen musste.

Bestens gelaunt, erhob sich Lausitz und trat zum

Fenster. »Sobald der Kredit genehmigt ist, veranlasse ich den Kauf der Aktien«, sagte er dabei. »Dann sind Sie Ihre Probleme los.«

»Aber mit Ihnen haben wir wahrscheinlich neue«, versetzte Roland missgelaunt.

Grinsend wandte Lausitz sich um und schaute nach draußen. Der Anblick eines Mannes auf dem Firmenhof ließ ihn stutzen. Er hatte dieses Gesicht schon einmal gesehen. Als er Roland, der neben ihn getreten war, nach dem Mann fragte, antwortete dieser: »Das ist unser Elektroniker Stefan Gronewoldt. Ein fähiger Techniker.«

Lausitz nickte nur. Gronewoldt – er kannte diesen Namen natürlich. Auch über Stefan hatte er so manches gehört. Aber was machte er hier bei *Althofer*? Um dem auf den Grund zu gehen, verabschiedete er sich eilig von Roland.

Als Lena sah, wie der schmierige Finanzmakler die Villa verließ, hielt es sie nicht länger in ihrem Studio. Sie musste wissen, wie die Verhandlungen gelaufen waren, und eilte deshalb zu Roland. Dessen Miene wirkte nicht eben erfreut. Noch immer verärgert über Lausitz' Dreistigkeit, erzählte er, dass dieser seine ohnehin schon üppige Provision nochmals erhöht hatte. »Ich fürchte, wir können uns für die nächste Zeit auf das Schlimmste gefasst machen«, schloss er.

»Dann sollten zumindest wir uns vertragen«, entgegnete Lena, trat zu ihm und streckte ihre Hand aus. »Frieden?«

Roland nickte. »Frieden.« Er zog sie an sich, drückte seine Stirn gegen die ihre.

Während sich die Reihen der *ACF* wieder schlossen, heftete Dieter Lausitz sich an Stefans Fersen und folgte ihm zum Campingbus. Ausgerechnet jetzt war Jörg nicht zur Stelle, da er einige unaufschiebbare Dinge zu erledigen hatte.

Ehe Stefan im Bus verschwinden konnte, trat Lausitz an ihn heran. »Stefan Gronewoldt?«, fragte er. »Sohn von Vanessa Gronewoldt und Erbe des Elektronik-Konzerns *Capeitron*?«

Stefan sah den fremden Mann an; er war offenbar gut informiert. Was wollte er? Einen Mann, der zu viel wusste, abzuweisen wäre ein Leichtsinn gewesen, der sich nur allzu schnell rächen konnte. Deshalb bat er Lausitz in den Bus. Die beiden Männer musterten sich einen Moment. »Schon ein merkwürdiger Zufall«, fand Lausitz. »Ihre Schwester beauftragt mich, *ACF*-Aktien zu kaufen, und Sie spielen hier den Techniker.«

»Ich habe nichts mit den Geschäften meiner Schwester zu tun«, versetzte Stefan rasch. Sein Gesprächspartner gefiel ihm immer weniger; man sah seinen Augen die Verschlagenheit an.

»Vermutlich weiß hier niemand, wer Sie wirklich sind, richtig? Wenn Sie wollen, dass das so bleibt, sollten Sie mir verraten, was Sie hier machen.«

»Erst Sie.«

Lausitz stellte sich vor. »Ich bin freier Finanzmakler und vertrete die *Investcorp*.«

»Und wer steht hinter der *Investcorp*?«

»Ich.«

Wieder dieses breite Grinsen auf dem Gesicht seines Gegenübers, das Stefan von Mal zu Mal unsympathischer wurde. Es fiel schwer, diesem Menschen auch nur ein Wort zu glauben. Und dennoch: Der Mann hatte gesagt, er sei Finanzmakler. Vielleicht konnte er ja ...: »Wie würde es Ihnen gefallen, mir einen Kredit über acht Millionen Euro zu vermitteln?«

Lausitz zog die Brauen hoch. Acht Millionen – das war eine Menge Heu. Und dabei würde auch ein hübscher Haufen für ihn abfallen. »Kommt auf die Sicherheiten an«, sagte er.

Stefan führte seine *ACF*-Aktien ins Feld, doch die beeindruckten Lausitz wenig, und Stefans Versprechen, er werde deren Wert innerhalb eines halben Jahres verdreifachen, noch viel weniger. »Über *Capeitron* können Sie mir die Sicherheiten schon jetzt bieten«, versetzte er nur. »Sie sind doch der Erbe – oder etwa nicht?«

Stefans Hoffnung zerstob. Er sah Lausitz ärgerlich an. »Gehen Sie!«, sagte er. »Aber zu keinem ein Wort, wer ich bin, klar?«

»Ehrensache.«

Dieter Lausitz verließ den Campingbus. Noch würde er sein Wissen für sich behalten. Doch sollte er sich einen Vorteil davon versprechen, es preiszugeben, würde er es ohne zu zögern tun.

Leicht würde es nicht werden, das wusste Birgit. Aber was hatte sie schon zu verlieren? Und wenn diese Frau Pfisterer wirklich die kühl kalkulierende Geschäftsfrau war, als die man sie ihr beschrieben hatte, dann würde sie die Vorzüge ihres Vorschlags zu würdigen wissen und zugreifen.

Birgit klopfte an die Tür des Hotelzimmers. Drinnen hörte sie Manuelas Stimme; offenbar telefonierte sie. Es dauerte ein wenig, bis geöffnet wurde. Manuela hatte noch immer das Handy am Ohr, brach jedoch mitten im Satz ab, als sie Birgit erblickte. Mit einer Geste bat sie Birgit herein. Während sie ihr Telefonat fortsetzte und beendete, warf Birgit einen raschen Blick um sich. Kein Zweifel, diese Frau liebte den Luxus. Das hier war sicher eines der teuersten Zimmer, die es in diesem Hotel gab. Und auch sie selbst in ihrem eleganten Kleid verströmte Eleganz und Klasse.

»Was wollen Sie?«, fragte Manuela und maß Birgit mit einem vor Selbstbewusstsein strotzenden Blick, mit welchem sie jedoch nur ihre Anspannung überspielte.

»Roland hat mir von Ihnen beiden erzählt«, erklärte Birgit. »Lieben Sie ihn?«

Manuela schlug die Augen nieder, aber nur kurz. Noch immer konnte sie sich nicht denken, was Birgit wollte. Fragen jagten sich hinter ihrer Stirn: Ging es hier um Roland? Oder ums Geschäft? Oder um beides? Wusste Roland, dass sie hier war? Hatte er sie gar geschickt? Nein, so dumm konnte er nicht sein. Aber da stand noch immer diese Frage im Raum. Liebte sie ihn?

»Er hat sich für Sie entschieden«, sagte Manuela schließlich. »Also spielt das keine Rolle mehr.«

»Aber es hat eine Rolle gespielt, als Sie die Lieferzeiten verlängerten«, versetzte Birgit. Sie bemerkte ein Flackern in Manuelas Augen. Was würde jetzt kommen? Eine Beleidigung? Ein Rauswurf? Birgit kam dem zuvor, indem sie sagte: »Wir sollten endlich aufhören, Gefühle und Geschäft zu vermischen. Sie wissen, dass

Althofer gute Produkte herstellt. Und wir arbeiten daran, sie auch schnell zu liefern. Aber dafür brauchen wir noch etwas Zeit. Wenn Sie uns die geben, erhalten Sie für die nächste Saison eine kleine, feine Modelinie, die Sie exklusiv vertreiben.«

Manuela war Geschäftsfrau genug, um zu begreifen, was das bedeutete: Allen anderen Schwierigkeiten zum Trotz erfreute sich das *Czerni*-Label bei den Kunden nach wie vor großen Zuspruchs. Mit einer Modelinie, die *M & A* exklusiv vertrieb, würde sich eine Menge Geld verdienen lassen. Die Vorstandsmitglieder würden mit der Zunge schnalzen und die nächste Sprosse auf der Karriereleiter würde für sie selbst wieder ein Stück näher rücken.

»Sind wir im Geschäft?«, fragte Birgit und streckte ihr die Hand hin.

Manuela schlug ein.

Katharina van den Loh saß auf der Terrasse der Familienvilla und schaute auf das Meer hinaus. Doch nicht einmal der Anblick dieser schier endlosen Weite, gegen die alle menschlichen Belange ihre Bedeutung verloren, vermochte sie zu beruhigen. Es stand einfach zu viel auf dem Spiel. Sie hätte zu gerne gewusst, was ihr Bruder in Deutschland unternahm. Dass er alle ihre Angebote ausschlug, beunruhigte sie. Sie kannte seine Fähigkeiten – und seinen Dickkopf. Beides zusammen ließ ihn stets das erreichen, was er sich vornahm. Doch diesmal musste es anders kommen! Sie würde alles aufbieten, um das zu erreichen.

Katharina sah auf die Uhr; ihr Besuch würde jeden

Augenblick eintreffen. Sie begab sich ins lichtdurchflutete Wohnzimmer, als es läutete. Wenig später führte die Hausangestellte einen groß gewachsenen, adretten Mann zu ihr. »Guten Tag, Herr Roemer«, begrüßte Katharina ihn.

Max erwiderte den Gruß und warf einen Blick durch die großen Fensterflächen nach draußen, wo der makellose Himmel und das Meer zu einer einzigen strahlend blauen Fläche verschmolzen. Doch er verweilte nicht lange bei diesem herrlichen Anblick, denn schließlich hatte Katharina van den Loh ihn nicht zu sich gebeten, damit er die Aussicht bewunderte. Aber wieso hatte sie ihn eigentlich treffen wollen?

Nachdem man in den weißen Ledersesseln Platz genommen hatte, meinte Katharina: »Es geht um die Augsburger Textilfabrik *Althofer-Czerni-Fashion AG*. Soweit ich weiß, war Ihre Bank dort für kurze Zeit sehr engagiert.«

Natürlich wusste Max, dass die *Capeitron* über ein beachtliches Aktienpaket der *ACF* verfügte. Dennoch überraschte es ihn, ausgerechnet hier auf *Althofer* zu stoßen. »Die Zusammenarbeit wurde auf Wunsch des Unternehmens beendet«, erklärte Max nach kurzem Schweigen und verbarg die ungut en Gefühle, die damit verbunden waren, hinter professioneller Sachlichkeit.

»Ich möchte, dass Sie für mich Anteile kaufen.«
»Wie viele?«

Katharina neigte sich leicht nach vorne. »Genug, damit niemand ohne meine Kooperation die Mehrheit bei der *ACF* erreichen kann.«

»Meines Wissens verfügen Sie bereits über ein größeres Paket.«

»Mein Bruder«, korrigierte Katharina, »nicht ich. Könnten Sie das also diskret für mich erledigen?«

»Natürlich. Aber dürfte ich fragen, wieso sich *Capeitron* plötzlich für eine Textilfirma interessiert?«

»Dürfen Sie nicht«, versetzte Katharina kühl. »Das ist doch hoffentlich kein Problem für sie.«

Max zögerte. Was führte diese Frau im Schilde? Irgendwie hatte er kein gutes Gefühl bei der Sache. Zwar hätte er es Lena gewünscht, dass sie eines Tages ihren Entschluss bereute, den Kredit zurückzuzahlen und damit auch alles andere zwischen ihnen zu beenden, doch wollte er nicht an der Zerstörung ihres Lebenswerkes mitwirken. Er kannte die *Capeitron* und wusste sehr gut, wie sie zu dem geworden war, was sie heute darstellte. Aber vielleicht konnte er ja das Schlimmste verhüten, wenn er statt eines anderen dieses Geschäft abwickelte? Und spätestens dann würde Lena begreifen müssen, wie töricht sie gehandelt hatte, seine Unterstützung zurückzuweisen.

»Ich übernehme den Auftrag«, erklärte er.

Katharina nickte zufrieden. Dann erklärte sie ihm, dass der Kauf nicht über die *Capeitron* abgewickelt werden würde, sondern über sie privat. Sie überreichte ihm eine Mappe, die alle nötigen Anweisungen und Vollmachten enthielt. Dann brachte sie Max zur Tür und verabschiedete sich.

Wieder zurück im Wohnzimmer, klingelte ihr Handy. Katharina nahm ab. »Katharina van den Loh.«

Katharina van den Loh!

Jörg traute seinen Ohren nicht, als er diesen Namen hörte, und legte sofort wieder auf.

Nachdem er die dringendsten Arbeiten erledigt hatte, hatte er endlich Zeit gefunden, die Telefonnummern, die er aus Stefans Adressliste notiert hatte, auszuprobieren. Bei der ersten hatte sich irgendein Bob Petersen gemeldet; der Name sagte ihm nichts. Aber Katharina van den Loh – dieser Namen kam ihm bekannt vor. Und er wusste auch, in welchem Zusammenhang er ihn gehört hatte: *Capeitron*.

Jörg eilte sofort zu Lena ins Studio. Er fand sie nicht allein; Holzknecht war bei ihr. »Sie glauben nicht, wen ich gerade an der Strippe hatte!«, rief er aus und fiel Wilfried damit ins Wort. »Katharina van den Loh! Dieser Gronewoldt telefoniert dauernd mit der Besitzerin von *Capeitron*!«

»Telefonieren Sie nie mit Ihrer Schwester?«, fragte Wilfried.

Jörg verstand nicht. »Schwester?«

Wilfried wandte sich wieder Lena zu, die fassungslos in den Papieren blätterte, die er ihr gebracht hatte. Bisher hatte er sich bei seiner Recherche über *Capeitron* stets nur auf Quellen und Organe gestützt, die über Fakten aus der Wirtschaft Auskunft gaben. Wer hätte gedacht, dass ein Blick in die Gesellschaftsblätter sehr viel mehr Aufschluss geben würde? Stefan war Katharina van den Lohs Halbbruder und der mutmaßliche Erbe des *Capeitron*-Imperiums. Lange Zeit hatte er maßgeblich im Geschäft mitgemischt, sich dann aber überraschend zurückgezogen. Warum er ausgerechnet jetzt hier in Augsburg aufgetaucht war, blieb zumindest vorerst sein Geheimnis.

»Und was machen wir jetzt?«, fragte Jörg und sah zwischen Wilfried und Lena hin und her.

»Für uns ändert das nichts«, sagte Wilfried, da Lena anhaltend schwieg. »Wir müssen die Mehrheit zurückbekommen. Dann kann uns nichts mehr passieren.«

Gedankenverloren schaute Lena indes noch immer auf die Papiere; so wie es aussah, stand Stefan wirklich auf der anderen Seite. Sie wusste nicht, was sie mehr erzürnte: dass er sie so geschickt für sich einzunehmen versucht hatte oder dass ihr eine innere Stimme noch immer weismachen wollte, er sei ein guter Mensch.

Schluss mit lustig

Die Nerven lagen allmählich blank. Seit Tagen schon hielt Dr. Lausitz Roland mit dem Kredit hin und stets brachte er neue Gründe dafür. Dabei war offensichtlich, dass es sich um reine Vorwände handelte. Noch mehr als Roland jedoch litt Lena: Tag für Tag lief sie Stefan Gronewoldt über den Weg und musste dabei freundliche Miene zum bösen Spiel machen.

Wütend stürmte sie schon nach wenigen Minuten aus der morgendlichen Krisensitzung mit Wilfried; sie war fest entschlossen, Stefan ihre Meinung ins Gesicht zu schleudern und ihn mit Pauken und Trompeten hinauszuwerfen. Nur mit Mühe gelang es Wilfried, sie zu bremsen: »Wir sind diesen Leuten seit Wochen einen Schritt hinterher«, sagte er. »Jetzt haben wir durch unser Wissen endlich einen Vorteil. Willst du den so einfach aus der Hand geben, nur um deine Wut abzureagieren?«

Schweren Herzens beugte Lena sich der Macht der Vernunft. Sie wollte schon gehen, als Wilfried sie festhielt und mit gedämpfter Stimme sagte: »Ich habe einen Tipp bekommen, dass Lausitz dabei ist, für Stefan Gronewoldt einen Kredit über acht Millionen aufzutreiben.«

Lena sah ihn fassungslos an. Lausitz und Gronewoldt – da hatten sich offenbar die Richtigen gefunden. Damit war auch klar, warum Lausitz Roland immer wieder vertröstete: Der Finanzmakler hielt sich alle Optionen offen. Anders als die Absichten des dubiosen Südafrikaners war sein Interesse klar: so viel Profit wie möglich zu machen.

»Ich glaube allerdings«, meinte Wilfried weiter, »dass Lausitz nicht alleine agiert. So viel Geld in kurzer Zeit aufzutreiben – das ist selbst für ihn zu groß. Er braucht Helfer.« Wilfried rieb sich das Kinn. »Wenn wir wenigstens wüssten, was Gronewoldt vorhat. Wieso braucht er jemanden wie Lausitz, um läppische acht Millionen aufzutreiben, wenn er ein milliardenschweres Unternehmen im Rücken hat? Was hält ihn davon ab, sich die *ACF* einfach unter den Nagel zu reißen, zu zerlegen und wieder nach Hause zu fahren?«

Viele Fragen und nicht der Hauch einer Antwort. Da kam Lena eine Idee: Bisher hatte Stefan aus ihrer Sympathie für ihn Kapital schlagen wollen; doch trotz aller dubiosen Spielchen hatte Lena gespürt, dass auch sie ihm nicht gleichgültig war. Wieso also sollte sie den Spieß nicht einfach umdrehen? Der Gedanke war kaum gedacht, da hatte sie sich schon entschieden.

»Ich werde mich mit ihm treffen«, erklärte sie, »in

einer unverfänglichen Atmosphäre. Vielleicht gelingt es mir, ihn auszuhorchen.«

Wilfried missfiel die Idee auf Anhieb, und zwar nicht nur, weil Lenas Impulsivität sie für diese Aufgabe nicht eben qualifizierte. Er wusste zudem, dass sie Stefan liebte. Wie sollte sie ausgerechnet unter dieser Voraussetzung kühl und besonnen bleiben? Doch es ihr ausreden zu wollen hatte keinen Sinn, so entschlossen wie sie war; er versuchte es erst gar nicht. Und schließlich: Vielleicht hatte sie ja Erfolg.

Gedankenverloren begab sich Lena in ihr Studio. Widerstreitende Gefühle tobten in ihrer Brust. Nicht nur als Chefin der *Fashion Factory* war sie enttäuscht, sondern auch als Frau. Am allermeisten nahm sie Stefan übel, dass er mehr denn je durch ihre Gedanken spukte, nicht als Bedrohung, sondern als Sehnsucht.

Lena schob ihre Gefühle beiseite; es galt jetzt, besonnen zu handeln. Ein Vorwand, mit dem sie Stefan zu sich bestellen konnte, war rasch gefunden. Sie zog einfach einen Stecker aus ihrem Computer. Dann rief sie Wieland an und bat ihn, Stefan wegen eines technischen Problems zu ihr zu schicken.

Dem folgte Stefan gerne. Er machte sich sofort auf den Weg. Vor der Tür der *Fashion Factory* klingelte sein Handy: Dieter Lausitz meldete sich und erklärte freudestrahlend, er habe die acht Millionen aufgetrieben. Stefan stutzte; erst vor ein paar Tagen hatte der Kreditmakler es abgelehnt, für ihn tätig zu werden. »Woher der plötzliche Sinneswandel?«, wollte er nun wissen. Lausitz hatte nur wachsweiche Erklärungen und sprach von Detailfragen, die allerdings noch zu klären wären. Auf diese Detailfragen war Stefan in der Tat gespannt. Deshalb verabredete er sich mit Lausitz für den Nachmittag in seinem Campingbus.

Als Stefan wenig später in Lenas Studio trat, bemerkte er sofort, wie angespannt sie war. Und wie sie ihn ansah, während er nach dem Fehler suchte! Der Fehler indes war rasch gefunden: ein herausgerutschter Stecker. Einen Moment fragte er sich, ob sie den Stecker vielleicht absichtlich herausgezogen hatte, um einen Vorwand für dieses Treffen zu schaffen. Doch er verwarf diesen Gedanken wieder. Wieso sollte sie das tun, nachdem sie ihm in den letzten Tagen ständig ausgewichen war?

Lena entschuldigte sich, dass sie ihn wegen einer solchen Lappalie bemüht hatte. »Ich bin zurzeit etwas durch den Wind«, erklärte sie nervös lächelnd.

Er kam einen Schritt näher. »Probleme?«

Lena tat so, als würde sie überlegen; sie fragte, ob er ein Geheimnis für sich behalten könne, und als er bejahte, erzählte sie ihm, was er natürlich längst wusste: dass ein Konzern die Firma kaufen, in ihre Einzelteile zerlegen und diese mit größtmöglichem Profit weiterverkaufen wolle.

»Private Equity-Firmen haben sich auf sowas spezialisiert«, sagte er daraufhin.

»Sie kennen sich damit aus?«, fragte Lena sogleich.

Er zuckte die Schultern und wiegelte ab. »Nur, was man so in der Zeitung liest.«

»Könnten Sie mir erklären, wie so eine Firmenübernahme funktioniert? Ich weiß darüber leider so gut wie gar nichts.«

Stefan wunderte sich. Was sollte er davon halten? Er war hier als Techniker angestellt, hatte eine Ingenieursausbildung und offiziell von solchen Dingen keine Ahnung. Wenn sie wirklich so unbedarft war, wie sie sich gab, wieso fragte sie nicht Wilfried Holzknecht oder Roland Althofer? Noch ehe er sich darüber ein Urteil bilden konnte, überraschte sie ihn erneut, indem sie meinte: »Außerdem schulde ich Ihnen noch ein Abendessen.«

»Wie das?«, fragte er. »In letzter Zeit hatte ich eher den Eindruck, Sie machen einen großen Bogen um mich.«

Lena zuckte entschuldigend die Schultern. »Wie gesagt, ich bin zurzeit ziemlich durch den Wind. Was ist also?«

Sie rang sich ein freundliches Lächeln ab, dem Stefan nicht widerstehen konnte; er erklärte sich schließlich bereit. Als Lena ihn dann auch noch zu sich nach Hause einlud, wusste er überhaupt nicht mehr, was er davon halten sollte. Wollte sie in Wahrheit mehr über private als über geschäftliche Dinge reden?

Da mochten die Ärzte ihm erzählen, was sie wollten, Felix wusste es besser. Vor der Operation hatte es geheißen, das Kapitel Sex sei für sein Leben abgeschlossen. Nach dem guten Verlauf der Operation und zahlreichen Nachuntersuchungen hatte man dieses Urteil zwar wieder revidiert, doch Felix hatte dies von Anfang an nicht geglaubt. Und seine alltägliche oder vielmehr allnächtliche Erfahrung bestätigte ihn: Nichts regte sich, rein gar nichts. Felix fühlte sich wie amputiert.

Am Morgen hatte er sich deswegen sogar mit Natalie gestritten. Sie tat so, als mache ihr seine Impotenz nichts aus. Aber das war natürlich eine gut gemeinte Lüge; schließlich war sie eine attraktive junge Frau mit Bedürfnissen. Und wie verführerisch hatte sie heute wieder ausgesehen in ihrem Morgenmantel mit den vom Schlaf noch wirren Haaren! Als sie vor ihm saß, hatte sich ihr nacktes Knie zwischen dem Mantel hervorgeschoben. Felix wäre fast vergangen vor Erregung. Nur kam diese Erregung leider nicht dort an, wo sie sollte – wie ein an der Quelle reißender Fluss, der als Rinnsal im Wüstensand vertrocknet, ehe er das Meer erreicht.

Statt in die Firma zu fahren, wo er seit der Geburt seiner Tochter kaum noch gewesen war und darum schmerzlich vermisst wurde, machte Felix sich, der Verzweiflung nahe, auf den Weg in die Klinik. Er musste unbedingt mit Silke sprechen; irgendwie musste ihm doch zu helfen sein. Sonst würde er noch wahnsinnig werden!

Silke war überrascht, ihn zu sehen. Er erzählte ihr von Sarahs Geburt und wie glücklich ihn seine Tochter machte. Silke glaubte ihm, obwohl sie nichts von diesem Glück in seiner Miene fand. Er wirkte gehetzt und verzweifelt. Erst als Felix auf sein Problem zu sprechen kam, begriff sie. »Ich brauche ein Wunder, Silke«, sagte er. »Kannst du mir helfen?«

»Du brauchst weder mich noch ein Wunder«, erwiderte Silke, »nur ein bisschen mehr Selbstbewusstsein. Jedenfalls haben die Nachuntersuchungen ergeben, dass du physisch völlig gesund bist. Hast du schon einmal an eine Psychotherapie gedacht?«

Felix verneinte. Wenn er sich schon auf eine Couch legen würde, dann nur mit Natalie; und zwar ganz gewiss nicht, um über irgendwelche Kindheitserlebnisse zu plaudern. Aber leider war er im Moment nicht zu mehr imstande. »Ich will mit meiner Frau schlafen und vor der Operation hatte ich auch nie Probleme«, rief er entnervt, »also erzähl' mir nicht, es läge an meiner Psyche.«

»Jetzt beruhige dich«, bat Silke ihn freundlich, aber bestimmt.

Felix sackte in sich zusammen und entschuldigte sich. Es war ja nicht ihre Schuld, niemand war schuld. Aber machte es das besser? In stockenden Worten erzählte er ihr von den wenigen Versuchen, die er mit Natalie unternommen hatte und die allesamt kläglich gescheitert waren. Nie würde er diese Demütigung vergessen. Natalie hatte ihn in den Arm genommen, ihn getröstet und ihm ihre Liebe beteuert. Aber wie lange würde es dauern, bis diese Liebe in Verachtung umschlug?

Erst an diesem Morgen hatten sie sich wieder gestritten: Er konnte Natalies Beteuerungen, es fehle ihr an nichts, auch körperlich nicht, einfach nicht glauben. Inzwischen verachtete er sich selbst so sehr, dass er Natalie geradezu dazu drängte, mit einem anderen Mann ins Bett zu gehen. Uwe Lieber vielleicht, oder Jörg Tetzlaff. Obwohl ihn das tief verletzt hätte, hätte Felix sich zugleich irgendwie entlastet gefühlt, weil sie so nicht seinetwegen auf körperliches Glück verzichten musste. Und irgendwann würde es ja sowieso passieren. Ihm war jedoch auch klar: Wenn er so weitermachte, gefährdete er damit seine Ehe. Und trotzdem: Etwas in ihm trieb ihn dazu.

Geduldig hörte Silke zu. Schließlich erhob sie sich und holte aus einem der Metallschränke einen Tablettenstreifen. »Das ist ein neues Medikament zur Überwindung von Potenzstörungen«, erklärte sie. »Es ist noch in der Probephase, deshalb dürfte ich es dir eigentlich nicht geben. Angeblich wirkt es stark und schnell, wenn man den bisherigen Studien Glauben schenkt – aber geh vorsichtig damit um, ja? Nur eine Tablette!«

Felix sprang auf und riss ihr den Streifen aus der Hand. Aus überschäumender Dankbarkeit drückte er Silke an sich und küsste sie auf die Wange. Aus Hoffnung wurde rasch Gewissheit: Dieses Mittel würde ihm helfen!

Stefan wusste nicht, worüber er mehr erstaunt sein sollte: über Lenas Einladung oder Dr. Lausitz' Angebot. Beidem war nicht so recht zu trauen. Er nahm sich ein Bier aus dem Kühlschrank des Campingbusses; Lausitz musste jeden Augenblick eintreffen, dann würde er mehr wissen. Beim Blick aus dem Fenster sah er den Finanzmakler bereits im Anmarsch – überpünktlich. Offenbar konnte er es nicht erwarten, den großen Reibach zu machen.

Noch ehe Lausitz an der Tür war, öffnete Stefan. Die Begrüßung fiel knapp aus; man nahm an dem schmalen Tisch Platz. Ohne viele Umstände zog Lausitz den Kreditvertrag heraus. Stefan hatte kein faires Angebot erwartet, doch was er da zu lesen bekam, übertraf seine schlimmsten Befürchtungen. Dass die Zinsen weit über Marktniveau lagen, war noch hinzunehmen in Anbetracht der kaum vorhandenen Sicherheiten. Der Rest aber war schlicht eine Frechheit: Die Tilgung des Kredits war an die Kursentwicklung der *ACF*-Aktie gekoppelt; innerhalb kürzester Zeit wurde dabei ein Anstieg verlangt, der zwar nicht unmöglich, aber selbst unter günstigen Bedingungen nur schwer zu erreichen war. Da erkannte Stefan die eigentliche Absicht hinter diesem Angebot, das allzu deutlich auf sein Scheitern hin angelegt war: Es ging nicht um die *ACF*, es ging um *Capeitron*. Und damit war auch klar, woher das Geld tatsächlich kam.

»Diese Fristen sind inakzeptabel«, sagte Stefan und schob das Papier von sich. »Das unterschreibe ich nicht.«

Lausitz gab sich empört. »Das können Sie nicht machen! Ich habe Himmel und Hölle in Bewegung gesetzt, um das möglich zu machen.«

»Ach was!«, fuhr Stefan auf. »Sie haben meine Schwester angerufen!«

Lausitz' Blick fiel bleischwer nieder – ertappt! Er begann nervös mit dem Kugelschreiber zu spielen, mit dem Stefan seine Unterschrift unter den Vertrag hätte setzen sollen.

»Wenn ich diesen Wisch unterzeichne und irgendetwas geht schief, verliere ich nicht nur meine Anteile an *Althofer*, sondern auch mein Erbe; und zudem das Land, das ich mit diesem Geld kaufen will.«

Die Miene des Finanzmaklers versteinerte. Natürlich hätte er an Stefans Stelle nie im Leben einen derartigen Knebelvertrag unterschrieben. Aber er hatte gehofft, Stefan würde es dennoch tun, schlicht weil er keine andere Wahl hatte. »Wenn Sie nicht unterschreiben, ist jetzt schon alles verloren«, behauptete er.

»Falsch!«, versetzte Stefan. »Wenn ich mich mit Frau Czerni zusammentue, haben wir die absolute Mehrheit. Wir können die Firma dort rausholen, wo sie jetzt steht. Und wenn der Kurs erst einmal steigt, gibt mir jede Bank mit Kusshand einen Kredit, um mein Land in Südafrika zu kaufen.«

Lausitz' Augen blitzten. »Wenn die Czerni erfährt, wer Sie sind, reißt sie Ihnen den Kopf ab.«

»Nicht, wenn wir an einem Strang ziehen und gemeinsam die Firma retten.«

Stefan erhob sich, öffnete die Tür des Campingbusses und gab Lausitz mit einer Bewegung zu verstehen, wohin er sich zu trollen hatte: nach draußen, möglichst weit weg. Wutschnaubend stopfte Lausitz den Vertrag in seine Aktentasche und verschwand. Stefan sah ihm nach, bis er zwischen den Fertigungshallen verschwunden war. Nachdenklich ließ er sich auf den Stufen des Wohnmobils nieder. Blieb nur zu hoffen, dass der windige Finanzhai Lausitz nicht Recht behielt und Lena ihm heute Abend wirklich den Kopf abriss. Denn er wollte ihr endlich gestehen, wer er wirklich war.

Lena hatte alles, was für einen aufregenden Abend zu zweit nötig war: reichlich zu essen und zu trinken – und eine Mordswut im Bauch. Was Antonia Kiefer, die noch immer bei ihr wohnte, ihr über Stefan Gronewoldt erzählt hatte, trieb ihr die Zornesröte ins Gesicht.

Lange Jahre hatte er für die aggressive Firmenpolitik von *Capeitron* gestanden, ehe er sich aus dem Geschäft zurückzog. Wahrscheinlich, so vermutete Lena, hatte ihm das Geldscheffeln und Ruinieren anderer Existenzen keinen Spaß mehr gemacht. Antonia versprach, bei einem Bekannten, der für eine Filiale ihrer Bank in Südafrika arbeitete, weitere Erkundigungen über Stefan und die *Capeitron* einzuholen.

Während Lena das Abendessen vorbereitete, kam Frau Materna, ihre Haushälterin, mit Florian zurück. Das viele Herumtollen auf dem Spielplatz hatte ihn müde gemacht, und nachdem er gegessen hatte, brachte Lena ihn zu Bett. Sie hatte gerade begonnen, ihm seine Einschlafgeschichte vorzulesen, da war er schon sanft eingeschlummert. Genau zur rechten Zeit, denn Stefan musste jeden Moment kommen.

Lena überprüfte ihr Äußeres im Spiegel und fand es perfekt. Auch sonst passte alles: Florian war im Bett und Antonia in ihrem Zimmer, mit dem Versprechen, dort für die nächste Zeit zu bleiben. Das Essen stand auf dem Tisch – sie hatte sogar zwei Kerzen entzündet. Die Show konnte also beginnen.

In diesem Moment läutete es an der Tür.

Stefan hatte sein gewinnendstes Lächeln auf den Lippen, als er Lena gegenübertrat. Eigentlich brachte ihn nichts so schnell aus der Ruhe, doch jetzt spürte er eine unergründliche Anspannung und ein Kribbeln im Bauch. Zu viel hing vom Verlauf dieses Abends ab, und zwar nicht nur in geschäftlicher Hinsicht. Als er in Lenas wundervolle blaue Augen blickte, vergaß er das Geschäftliche sogar für einen Moment und hatte das Gefühl, es ginge nur um dies: zwei Liebende, die sich finden müssen.

»Ich hab' uns was mitgebracht«, sagte er und hielt ihr eine Flasche Wein hin. »Ein Cabernet aus Constantia, einem wunderschönen Weingebiet in der Nähe von Kapstadt.«

Während des Essens bemühte Lena sich, eine vertrauliche Stimmung zu schaffen, und es missfiel ihr, wie gut ihr das gelang. Stefan war nett, viel zu nett, mit Gewalt musste sie sich immer wieder daran erinnern, wer und was er in Wirklichkeit war. Außerdem musste sie darauf achten, nicht zu viel zu trinken, denn sie brauchte einen klaren Kopf. Irgendwann begann er von Südafrika zu erzählen, wo er eine Menge Zeit verbrachte hatte, vor allem in Kapstadt.

Ich weiß, dachte Lena, sagte aber, während er ihr Wein nachschenkte: »Dann wissen Sie sicher auch mit dem Name *Capeitron* etwas anzufangen.«

Stefan hielt kurz im Nachschenken inne, nicht nur weil dieser Name aus ihrem Munde kam, sondern auch weil sie ihn auf eine so merkwürdige Weise dabei ansah – als erwarte sie eine Reaktion, die er ihr ja soeben auch geliefert hatte.

»Jeder in Kapstadt kennt *Capeitron*«, antwortete er mit etwas Verzögerung. »Wieso?«

»Die wollen uns übernehmen.«

Stefan stellte die Flasche ab, hob sein Glas, ohne jedoch zu trinken, sah sie vielmehr über den Rand hinweg an. »Gegen so etwas kann man sich nur wehren, indem man die absolute Mehrheit hat«, sagte er.

»Davon bin ich leider meilenweit entfernt.«

»Dann brauchen Sie eben einen starken Partner.« Erst jetzt nahm Stefan einen Schluck Wein, ließ sie dabei aber nicht aus den Augen. Lena betrachtete ihn ebenfalls, doch ihre Miene ließ nicht erahnen, was sie dachte oder fühlte. »Mal angenommen, es gäbe jemanden, der einsteigt, würden Sie mit ihm an einem Strang ziehen?«

Lena wurde nicht schlau aus ihm. Was wollte er damit sagen? War dies ein verstecktes Angebot? Wenn ja, wie passte das zu seinen Absichten, *Althofer* zu zerlegen? Der Mann wurde ihr immer rätselhafter.

»Würden Sie?«, fragte er nochmal, da sie anhaltend schwieg.

»Das käme auf die Richtung an.«

Stefan stellte sein Glas ab; natürlich hatte er sich auch darüber schon seine Gedanken gemacht. »Das Problem bei *Althofer* ist: Die Macht ist auf zu viele Schultern verteilt. Eine Firma braucht einen Leader, der Visionen hat und vorangeht. Und wie viele sind es bei Ihnen, die entscheiden?«

Lena zählte sie alle auf: Roland, Felix, Wilhelm, August Meyerbeer und natürlich sie selbst. »Sie sehen, wir sind eine große, bunte Familie«, fügte sie scherzhaft hinzu.

»Wunderbar für ein Picknick im Grünen«, versetzte Stefan, »aber denkbar ungeeignet, um eine Firma zu leiten.«

Lenas Lächeln verblasste, die heitere Stimmung verflog im Nu. Was bildete dieser Mensch sich eigentlich ein? Zeigte er jetzt endlich sein wahres Gesicht? Zorn flammte in ihr auf. »Verstehe«, fauchte sie und verschränkte die Arme vor der Brust, »alles überflüssig, also weg damit! Und einen Teil der Belegschaft gleich hinterher – ist es das, was Sie meinen?«

Stefan hob abwehrend die Hände. »Sie wollten wissen, wie Sie Ihre Firma retten können. Ich habe nicht behauptet, die Lösung wäre schmerzfrei.« Er spürte, dass der Abend, der bisher so gut verlaufen war, zu kippen drohte. Um an die eben noch so gelöste Stimmung anzuknüpfen, hob er sein Glas. Doch sie reagierte nicht darauf; weder wollte sie mit ihm anstoßen, noch überhaupt dieses falsche Spiel weiterspielen. Pass auf, Lena, sagte eine innere Stimme, gleich geht es mit dir durch! Doch es war schon zu spät, sie konnte sich nicht mehr bremsen.

»Mein Vater hat mit den Mitarbeitern die Firma groß gemacht«, sagte sie mit scharfer Zunge und angriffslustig blitzenden Augen. »Dank Roland und Felix haben wir die schlimmsten Krisen überstanden. August Meyerbeer hat sein Geld bei uns investiert, als niemand sonst uns einen Cent geben wollte. Und Sie sitzen hier und sagen mir, das alles sei wertlos? Dass all diese Menschen gehen sollen, weil ohne sie mehr Profit herauszuschlagen ist?«

Stefan hob abwehrend die Hände. »Kratzen Sie mir nicht gleich die Augen aus. Sie wollten eine Einschätzung, ich habe sie Ihnen gegeben.« Innerlich jedoch war er nicht so gefasst, wie er sich nach außen gab. Er hatte sie falsch eingeschätzt, denn er hatte geglaubt, die Firma sei alles für sie. Das stimmte zwar, aber die Firma, das waren für sie weder Maschinen noch Bilanzen, nicht einmal das Spielfeld ihrer kreativen Ideen;

die Firma, das waren für sie die Menschen. Das hatte er nicht berücksichtigt.

Das Blau in Lenas Augen war frostig wie eine klare Winternacht, sie wandte die Augen ab und nahm einen Schluck Wein. »Es ist spät geworden«, sagte sie.

Stefan verstand. Er hatte es vermasselt, nur weil er ihr mit seiner Coolness hatte imponieren wollen. Als Lena ihr Besteck auf den leeren Teller legte und den Korken in die Weinflasche drückte, musste er einsehen, dass der Abend endgültig gelaufen war. Immerhin brachte sie ihn noch zur Tür. »Ich fürchte, Sie haben mich vorhin falsch verstanden«, versuchte er, bereits an der Tür, zu retten, was zu retten war. »Ich wollte nur sagen: Mit dem richtigen Partner an Ihrer Seite können Sie *Althofer* zu einem der führenden Textilunternehmen machen.«

Es half nichts; Lena blieb kühl und ablehnend. Sie dankte ihm für seine Einschätzung, er dankte ihr seinerseits für den schönen Abend, dessen unharmonisches Ende er bedaure; dann ging er. Lena schloss die Tür hinter ihm. Erst jetzt wurde ihr bewusst, wie das Herz in ihrer Brust hämmerte.

Antonia kam aus ihrem Zimmer und fragte, wie es gelaufen sei. Mit kalter Wut erzählte Lena, was er ihr vorgeschlagen hatte: verdiente Leute im Vorstand zu feuern und überhaupt alles platt zu machen, was den Profit schmälerte.

»Das ist sein Job«, entgegnete Antonia nüchtern, »oder war es vielmehr. Ich habe eben mit meinem Bekannten in Südafrika telefoniert.«

»Was haben Sie erfahren?«, fragte Lena gespannt.

Mit wachsendem Staunen hörte sie, was Antonia berichtete: Stefan habe *Capeitron* vor etwa vier Jahren verlassen, um zusammen mit einem Freund ein Naturschutzreservat aufzubauen, in dem bedrohte Tierarten geschützt vor Wilderern leben sollten. Stefans frühere Lebensgefährtin habe das Projekt initiiert.

»Wir reden wirklich von demselben Menschen?«, fragte Lena ungläubig. Nach dem, was sie bisher über ihn gehört und wie sie ihn eben selbst erlebt hatte, hätte sie ihm vieles zugetraut, nur nicht dass er sich für etwas, das keinen materiellen Gewinn abwarf, selbstlos einsetzte.

»Es geht noch weiter«, sagte Antonia und fuhr fort: Stefans Lebensgefährtin sei bei einem Autounfall ums Leben gekommen; über den Hergang dieses Unfalls gebe es allerdings verschiedene Versionen. Manche behaupteten, Stefans neue Interessen seien einigen Leuten bei *Capeitron* ein Dorn im Auge gewesen, zumal sie mit ihren Geschäftsinteressen kollidierten.«

»Die eigene Familie soll –« Lena wagte kaum, es auszusprechen. »Und die andere Version?«

»Manche behaupten, es habe zwischen Stefan Gronewoldt und seiner Lebensgefährtin Streit gegeben und so sei es zum Unfall gekommen. Gronewoldt saß nämlich am Steuer, als sie verunglückten.«

Lena senkte nachdenklich den Blick. Was bedeutete das? Was unterstellte man ihm? Dass er den Unfall absichtlich verursacht habe? Oder fahrlässig? Wie auch immer, was sie bisher mit diesem Mann erlebt hatte, schien sich fortzusetzen: Je mehr sie über ihn erfuhr, desto undurchschaubarer wurde er.

Zu allem entschlossen brauste Felix auf den Firmenhof. Schon in der letzten Nacht hatte er seine Wiederauferstehung als Mann feiern wollen: Er hatte ausgiebig geduscht, Duftwässerchen aufgelegt und als krönenden Abschluss eine von Silkes Potenzpillen genommen. Doch als er dann ins Schlafzimmer gekommen war, hatte Natalie so fest geschlafen, dass keine zärtliche Attacke sie mehr hatte wecken können. Am Morgen war sie wie immer mit Sarah beschäftigt gewesen, und als er nach ein paar Besorgungen wieder in die Wohnung zurückgekommen war, hatte er einen Zettel auf dem Küchentisch vorgefunden: »Bin mit Sarah in die Firma gefahren. Mir fällt hier sonst die Decke auf den Kopf. Natalie.«

Felix war gerade ausgestiegen, da kam Roland auf ihn zu. Er war verärgert: Ausgerechnet in dieser angespannten Situation, in der es auf jeden Einzelnen von ihnen ankam, ließ sich sein Bruder kaum noch in der Firma blicken und genoss stattdessen lieber sein Familienglück. Roland wollte ihm deshalb schon Vorhaltungen machen, doch Felix ließ ihn einfach stehen und verschwand in der *Fashion Factory*.

Wieder die Luft der Firma zu atmen belebte Natalie. Sie hatte die schlafende Sarah bei Emma in der Näherei gelassen, um einen Rundgang an ihrer alten Wirkungsstätte zu machen. Zuerst hatte sie Lena besucht; die hatte ihr von Stefan Gronewoldt erzählt und von ihren gemischten Gefühlen ihm gegenüber. Für Natalie war der Fall klar, und weil sie aus ihrem Herzen keine Mördergrube zu machen pflegte, sagte sie klar und deutlich, was sie dachte: »Du hast dich in Gronewoldt verknallt, und jetzt stellt sich heraus, dass er ein mieses Schwein ist – Punkt!«

Lena wies das weit von sich. »Er war einfach ein guter Mitarbeiter – sympathisch, humorvoll, engagiert …«

Von wegen, dachte Natalie, sagte jedoch: »Es bringt nichts, hier rumzusitzen und zu jammern. Mensch, Lena, wo ist deine Power?«

Lena sah ihre Freundin überrascht an. Früher war Natalie es immer gewesen, die sich in ihren Kummer fallen ließ und eines Anstoßes von außen bedurfte. Die neue Verantwortung als Mutter schien sie auch in dieser Hinsicht verändert zu haben.

Da Lena sich wieder ihren Pflichten zuwenden musste, verließ Natalie das Studio. Nachdem sie auch Jörg Tetzlaff begrüßt hatte, begab sie sich ins Stofflager. Sie hatte sich immer gerne hier aufgehalten, zwischen all den wunderbaren Stoffen. Die meisten Ballen lagen in Regalen, andere am Boden. Natalie rollte etwas Seide ab und wickelte sich hinein. Sie seufzte; wie sehr sie diese Welt doch vermisste.

In diesem Moment kam Felix herein. Endlich hatte er Natalie gefunden! Eigentlich hatte er vorgehabt, sie sofort nach Hause zu bringen und dort das zu tun, was für ihn jetzt das Wichtigste auf der Welt war. Doch warum so lange warten? Hier im Lager war niemand außer ihnen. Er holte die Tabletten hervor, drückte gleich drei aus der Verpackung und schluckte sie hinunter. Dann trat er zu seiner Frau.

Natalie, in Erinnerungen schwelgend, bemerkte Felix erst, als er vor ihr stand. Sie erkannte gleich, dass etwas an ihm anders war: In seinen Augen lag etwas

Wildes, Ungestümes. Völlig unvermittelt nahm er sie in den Arm und küsste sie. Was hatte er vor? Etwa das, woran auch sie jetzt dachte? Nur wie ...?

Die beiden sanken auf ein Lager aus Stoffen. Felix spürte, wie die Erregung wuchs, und diesmal nicht nur in seinem Inneren. Am liebsten hätte er einen Triumphschrei ausgestoßen: Die Pillen wirkten! Ihr Erfinder hatte alle Nobelpreise dieser Welt verdient! Nun war er endgültig der glücklichste Mensch der Welt. Und gleich würde er Natalie zur glücklichsten Frau der Welt machen.

Das Schlimmste, neben der Ungewissheit, war dieses dumpfe Warten: Jeder wusste, dass bald etwas passieren würde, aber keiner wusste, wann. Wir sind wie die Mäuse vor der Schlange, dachte Lena. Der Gedanke gefiel ihr nicht; sie wollte keine Maus sein – und schon gar nicht wollte sie gefressen werden. Ihr erster Impuls war, Stefan aufzusuchen und endlich die Karten auf den Tisch zu legen. Aber wenn es stimmte, dass er sich von *Capeitron* im Unfrieden getrennt hatte, war vielleicht gar nicht er die Schlange. Lena rief Jörg Tetzlaff an und bat ihn, ihr eine Verbindung zu Katharina van den Loh herzustellen.

»Katharina van den ...?«, fragte Jörg stimmlos.

»Loh«, ergänzte Lena. »Und zwar sofort!«

Sie lehnte sich in ihrem Stuhl zurück. Jörg gegenüber hatte sie sich fest entschlossen gegeben, doch jetzt plagten sie schon wieder Zweifel. Vielleicht hätte sie sich vor einem solchen Schritt besser mit Wilfried beraten. Vielleicht wäre es überhaupt besser gewesen ... Sie konnte den Gedanken nicht vollenden, denn das Telefon klingelte. Das Herz schlug ihr bis zum Hals, als sie abnahm.

»Van den Loh?«

Die Stimme klang streng. Wie die einer Frau, die es gewohnt war zu befehlen und keine Widerrede duldete.

»Mein Name ist Czerni«, antwortete Lena, »von der *ACF* in Augsburg.«

Es blieb einen Moment still in der Leitung. Katharina war zunächst unsicher, ob sie dieses Gespräch überhaupt führen wollte. Schließlich entschied sie sich dafür, denn sie bewunderte den Mut der Anruferin. »Ich weiß natürlich, wer Sie sind. Mich würde aber interessieren, woher Sie diese Nummer haben.«

»Von Ihrem Bruder.«

Interessant, fand Katharina.

»Was wollen Sie von uns?«, fragte Lena. »Wir sind nur ein kleines Unternehmen, das für Sie völlig unbedeutend ist.«

»Fragen Sie meinen Bruder.«

»Ich habe keine Lust mehr, Versteck zu spielen. Sagen Sie mir einfach, worum es geht.«

Katharina hörte etwas in Lenas Stimme, von dem sie nicht wusste, ob es Trotz oder Verzweiflung war; vermutlich beides.

»Ich kann Ihnen nur einen Rat geben, Frau Czerni«, sagte Katharina. »Sorgen Sie dafür, dass Sie die absolute Mehrheit der Aktien bekommen. Hat sie erst einmal mein Bruder, bleibt von Ihrer netten, kleinen Firma nicht mehr viel übrig.«

»Aber er arbeitet doch gar nicht mehr für *Capeitron*.«

»Mein Bruder braucht Geld für seine Projekte – viel Geld. Und das ist eben seine Art, es sich zu beschaffen.«

Lena schwieg betroffen. Große Genugtuung erfüllte Katharina. Was immer ihr Bruder vorhaben mochte, sie hatte auf jeden Fall tiefes Misstrauen gegen ihn gesät, und dies würde seine Aktivitäten mit Sicherheit erschweren. Und mit einem Vorstand, der ihm misstraute, würde er es bestimmt nicht schaffen, den Aktienkurs zu heben.

Katharina wünschte noch einen schönen Tag und legte auf. Dann wandte sie sich wieder dem Mann zu, der vor ihrem Schreibtisch saß: Max Roemer.

Max war dem Gespräch aufmerksam gefolgt: Ziemlich mutig von Lena, einfach hier anzurufen, dachte er, aber auch ziemlich töricht. Was hatte sie sich von diesem Gespräch erhofft? Eine Art *gentleman agreement* unter Frauen? Wahrscheinlich wusste sie es selbst nicht.

Ohne auf das Gespräch, dessen Zeuge er geworden war, einzugehen, nahm Max den Faden dort wieder auf, wo das Klingeln von Katharinas Handy ihn unterbrochen hatte: »Ihr Bruder hat den Vertrag nicht unterschrieben«, sagte er sachlich. »Wir müssen uns etwas Neues einfallen lassen.«

Katharina lehnte sich zurück. Sie musste nicht lange überlegen: Sie hatte natürlich schon einen Alternativplan parat, so wie sie immer einen Alternativplan parat hatte – oder am besten gleich mehrere. »Geben Sie der *ACF* den Kredit. Und dann treiben Sie sie in die Pleite.«

Als Max das hörte, zuckte er innerlich zusammen; äußerlich war ihm jedoch nichts anzumerken. Er sah Katharinas kantiges Gesicht einen Moment schweigend an. Welche Erfahrungen hatten diese Frau so hart gemacht? Es ging jedenfalls nicht um Geld, zumindest nicht in erster Linie. Das Geld war nur das Vehikel für anderes: Rachsucht, Machtstreben, verletzte Gefühle. Aber war es das letztlich nicht immer?

»Ich werde die *ACF* nicht in die Pleite treiben, Frau van den Loh«, sagte Max nun kühl und bestimmt.

»Oh doch, Sie werden.«

Katharina griff nach einem goldenen Brieföffner und spielte damit. Ein Sonnenstrahl, der durch das Fenster hereinfiel, wischte über die Klinge und stach blendend in Max' Augen. Katharina war sich ihrer Sache vollkommen sicher – wie die Spinne, die längst das Schicksal der Fliege in ihrem Netz kennt, während das Opfer noch an die Möglichkeit der Flucht glaubt.

»So war das nicht geplant«, sagte Max. »Ich sollte Ihnen helfen, Ihren Bruder aus dem Rennen zu werfen, und als Gegenleistung die Kontrolle über die *ACF* erhalten.«

»Der Plan hat sich eben geändert!«, fuhr Katharina auf. Sie war Widerstand nicht gewöhnt und duldete ihn auch nicht. »Die *ACF* wird in die Pleite getrieben, und zwar so schnell wie möglich. Ist das klar?«

»Warum ist das so wichtig für Sie?«

»Das hat Sie nicht zu kümmern.«

Max konnte sich nicht erinnern, dass jemals ein Geschäftspartner so mit ihm gesprochen hatte, und schon gar keine Frau. Die Arroganz, mit der Katharina van den Loh auftrat, suchte ihresgleichen. Aber er war nicht der Mann, der so mit sich umspringen ließ. Er war schließlich kein Lakai.

Hochmut kommt vor dem Fall, dachte er.

Die Auferstehung war ein voller Erfolg gewesen; erst jetzt fühlte Felix sich wieder vollkommen gesund und lebendig. Diese Tabletten wirkten wahre Wunder! Er hatte gehofft, sie würden wieder den alten Felix aus ihm machen, doch sie hatten etwas viel Besseres vollbracht: einen neuen Felix, der den alten weit übertraf.

Natürlich wusste Felix, bei wem er sich zu bedanken hatte. Gleich nachdem er Natalie und Sarah nach Hause gebracht hatte, fuhr Felix zu Silke in die Klinik: Schließlich brauchte er Nachschub von diesem Wundermittel, denn Natalie hatte schon angekündigt, dass sie heute noch ein zweites Wunder erleben wolle – und, wenn es ihn nicht überfordere, auch ein drittes.

Silke sah ihn schon von weitem auf sich zukommen. Es bedurfte keiner hellseherischen Fähigkeiten, um zu erkennen, was geschehen war. »Offenbar hast du die Wirkung der Tabletten schon ausprobiert«, sagte sie.

Felix grinste breit. »Ich nehme einen Hunderterpack von dem Zeug. Ach, was, gib mir zweihundert!«

Doch Silke zierte sich. Erst als Felix nicht locker ließ, ging sie in das Stationszimmer, holte aus einem Schrank ein großes Päckchen und brachte es ihm. Verdutzt las Felix die Aufschrift: *Vitamintabletten*. »Was soll ich damit?«, fragte er.

»Das ist genau das, was ich dir heute Morgen gegeben habe«, teilte Silke mit. »Ich hab' dir doch gesagt, dass du nichts brauchst und dass dein Versagen psychisch bedingt ist.« Sie zwinkerte ihm schelmisch zu.

Felix überlegte einen Moment. Dann zuckte er die Schultern und steckte die Schachtel ein. »Wenn's hilft«, sagte er trocken und schlenderte davon.

Silke lachte laut auf – manchmal konnte Felix so ein Clown sein! Er dreht sich noch einmal um und winkte ihr dankbar zu. Sie war nicht nur eine verdammt gute Ärztin, sondern eine noch bessere Psychologin.

Es brauchte eine Weile, bis Lena nach dem kurzen Gespräch mit Katharina van den Loh ihre Gedanken geordnet hatte. So sah Stefans Einsatz für die bedrohte Tierwelt also aus. Für sein Ziel war ihm kein Preis zu hoch, schon gar nicht, wenn andere ihn zu bezahlen hatten. Nein, es ging ihm in Wahrheit nicht um bedrohte Tiere, es ging nur um das, worum es wahrscheinlich immer gegangen war: um ihn und um seinen Erfolg. Zwar verstand sie noch immer nicht alle Zusammenhänge, aber so viel glaubte sie zu wissen: Je eher sie Stefan Gronewoldt loswurden, desto besser für die Firma.

Stefan hielt es für einen glücklichen Zufall, dass Lena gerade jetzt, da er an sie gedacht hatte, auf sein Wohnmobil zuschritt. Er hatte sich entschlossen, ihr endlich die ganze Wahrheit über sich, *Capeitron* und das Testament seiner Mutter zu erzählen. Doch er kam nicht dazu, denn Lena herrschte ihn an: »Verschwinden Sie! Ich habe keine Lust mehr auf dieses Versteckspiel. Sie sind *Capeitron*. Sie wollen uns zerstören.«

Stefan sackte in sich zusammen. Schon wieder drohte sein Plan kläglich zu scheitern. »Ich wollte Ihnen gestern Abend vorschlagen, dass wir gemeinsam die Firma nach oben bringen«, sagte er.

»Indem Sie meine Familie entmachten und Mitarbeiter entlassen? Kein Interesse!«

»Es geht auch anders. Vertrauen Sie mir!«

»Vertrauen?«, rief sie auf. Das Wort traf sie wie der Stachel eines giftigen Insekts. »Nach all dem soll ich Ihnen vertrauen? Machen Sie, dass Sie verschwinden!«

Sie fuhr auf dem Absatz herum und war schon ein paar Schritte weg, als Stefan ihr nachrief: »Wussten Sie eigentlich gestern Abend schon Bescheid?« Lena blieb stehen. Zuerst wollte sie etwas sagen, doch dann ließ sie es bleiben und ging weiter. Sie brauchte sich für nichts zu rechtfertigen, schon gar nicht vor ihm.

Der Schlag saß tief, und die Enttäuschung auch. Sie hatte ihm also ebenfalls etwas vorgemacht. Da wagte sie es, von Vertrauen zu sprechen? Doch wenn sie glaubte, sie sei ihn los, hatte sie sich getäuscht. Wut flammte in ihm auf. Sie wollen es nicht auf die sanfte Tour, Frau Czerni?, dachte er. Dann bekommen Sie es eben auf die harte!

Er nahm sein Handy und wählte Dr. Lausitz' Nummer. Der Kreditmakler traute seinen Ohren nicht: Nachdem er am Vortag noch schnöde abgewiesen worden war, wollte Stefan nun den Kredit nicht nur zu unveränderten Bedingungen annehmen, Lausitz sollte dafür auch so viele *ACF*-Aktien kaufen wie möglich. Doch als Lausitz diesen neuen Auftrag hörte, zierte er sich plötzlich. Er müsse erst Rücksprache halten, erklärte er und versprach, sich so bald wie möglich zu melden.

Bedrückt sank Stefan auf die Bank des Wohnmobils. Der Zorn erkaltete; er hatte nicht gewollt, dass es so weit kommt. Wieso hatte Lena nicht früher mit ihm gesprochen? So viele Missverständnisse hätten vermieden werden können. Aber dieser Vorwurf traf ihn selbst natürlich in gleichem Maß.

Nach einer halben Stunde bangen Wartens klingelte sein Handy – Lausitz. Er hatte sich rückversichert, der Handel konnte über die Bühne gehen. Stefan musste nur noch den Vertrag unterschreiben, dann gehörte mehr als die Hälfte der *ACF*-Aktien ihm. »Eine Kleinigkeit wäre da allerdings noch«, fügte Lausitz hinzu. Stefan kannte den Mann inzwischen gut genug, um zu wissen, dass dessen Kleinigkeiten eher Hauptsachen waren. »Wir können das gesamte Paket nur bis zu einem Kurs von acht Euro als Sicherheit akzeptieren«, erklärte der Kreditmakler. »Fällt der Kurs unter diesen Wert, gehen die Aktien komplett an *Investcorp*.«

Wenn auf eines Verlass war, dann auf die Hinterhältigkeit des Dr. Lausitz. Das hatte er oder wer immer hinter ihm stand sich gut ausgedacht: Der Kurs lag heute kaum über neun Euro, es musste also nur eine Kleinigkeit schief gehen und er konnte tief absacken. Doch Stefan schreckte das nicht: »Wir sind im Geschäft«, sagte er. »Freuen Sie sich aber lieber nicht zu früh, Herr Lausitz. Der Kurs dieser Aktie wird nämlich nie wieder fallen!«

Stefan legte auf. Dann packte er seine Sachen. Die prall gefüllte Reisetasche über der Schulter verließ er das Firmengelände. An der Pforte wandte er sich noch einmal um. »Ich komme wieder«, sagte er. »Und dann wird sich hier einiges ändern.«

Alles oder nichts

Die Ungewissheit war das Schlimmste: Seit einer Woche hatte Stefan Gronewoldt das Sagen bei *Althofer*, doch es gab weit und breit keine Spur von dem Mann. Die Unruhe in der Belegschaft und im Vorstand war gleichermaßen groß. Überall dieselben Fragen: Wie würde es weitergehen? Begann jetzt das allseits befürchtete Zerlegen der Firma? War die *ACF* in ihrer bisherigen Form am Ende?

In dieser angespannten Situation ließ sogar Felix Familien- und Eheglück hinter sich und fuhr in die Firma, allerdings erst nachdem Natalie ihm mehrere Tage lang streng ins Gewissen geredet hatte. Ob er lieber in Pantoffeln zu Hause sitze, während die anderen um den Erhalt der Firma kämpfen, hatte sie ihm vorgeworfen und ihn so an der Ehre gepackt. Da war auch in ihm der Kampfgeist erwacht.

»Ist die Totenkopf-Fahne schon in Sicht?«, rief Felix

Ewald Kunze an der Pforte scherzhaft zu und schob dabei die Sonnebrille ins Haar. Verständnislos, geradezu mit einem Schafsblick, sah Ewald ihn an; ihm war nicht zum Scherzen zumute. »Na, der Pirat, der unseren Kahn geentert hat«, erklärte Felix.

»Ach so«, machte Ewald. »Nee, bis jetzt nicht.«

Der Schlagbaum hob sich, und Felix fuhr unten durch. Die aus der Geschäftsleitung können sich ihren Humor leisten, dachte der alte Pförtner, während er dem Porsche hintersah. Die fallen so oder so weich.

Die Schranke senkte sich wieder, und Ewald wollte gerade zurück in sein Büro, als er eine Frau, nicht mehr ganz jung, aber längst noch nicht alt, mit einem zerschrammten Koffer herannahen sah. Sie war zu Fuß und kam offenbar von der Bushaltestelle an der Straße. In ihrem Gesicht spiegelte sich ein Leben, das reich an Erfahrungen sein mochte, wenn auch nicht immer an solchen, an die man gerne zurückdachte. Sie begrüßte Ewald in gebrochenem Deutsch, fragte, ob sie hier richtig sei bei der Firma *Althofer* und ob sie Paul sprechen könne, Paul Wieland. »Natascha Petrova ist mein Name«, stellte sie sich vor. Ewald kratzte sich unschlüssig hinter dem Ohr.

Paul Wieland war auf dem Weg vom Parkplatz zur Weberei, als er die Frau an der Pforte sah. Er erkannte sie sofort, und ein gehöriger Schreck fuhr ihm in die Glieder. Was macht die denn hier?, dachte er. Damit Kunze ihn nicht erreichen konnte, schaltete er sein Handy ab. Dann eilte er in die Fertigungshalle, wo er sich Alf Benrath schnappte und ihn in eine ruhige Ecke zerrte, damit sie ungestört reden konnten.

»Ich stecke in Schwierigkeiten«, erklärte er dem verduzten Kollegen. »Und zwar bis über beide Ohren.« In heller Aufregung erzählte er von Frauen, ausländischen Frauen, von Katalogen, Kontaktanzeigen, Briefen und Fotos und schloss: »... das Übliche eben.« Alf hatte keine Ahnung, was er mit all dem meinte, und üblich war es für ihn schon gar nicht. Aus dem zweiten, etwas geordneteren Durchlauf der Geschichte erschloss er, dass Paul über ein internationales Kontaktmagazin Verbindung zu einer heiratswilligen Russin aufgenommen hatte und dass bereits ein reger Briefverkehr entstanden war.

»Und?«, fragte Alf.

»Sie steht draußen an der Pforte.« Paul rang die Hände. »Ich hab' sie nicht herbestellt. Wieso kommt sie einfach hierher? Ich versteh' das nicht, das war nicht abgemacht.«

Alf legte ihm die Hand auf die Schulter. Er verstand nicht, was so schlimm daran war. »Geh einfach raus, sprich mit ihr, lern sie näher kennen, und wer weiß, vielleicht ...«

»Das kann ich nicht!«, rief Paul aus, den Angstschweiß auf der Stirn.

»Warum denn nicht?«

Paul schluckte trocken, schlug die Augen nieder, murmelte halblaut: »Weil ich ihr ein Foto von dir geschickt habe. Für sie bist du Paul Wieland.«

Stockend erzählte Paul nun, dass er Natascha Petrova mit jedem Brief und jedem Foto sympathischer gefunden habe; sie habe ihn gedrängt, ebenfalls ein Bild zu schicken, er habe lange gezögert und dann eines von Alf genommen, das er bei der letzten Betriebsfeier aufgenommen habe. »Warum hast du das denn getan?«, fragte Alf.

»Sieh mich an und sieh dich an«, antwortete Paul.

Alf konnte nur den Kopf schütteln. Natürlich war Paul nicht gerade ein Typ, der Frauen ins Schwärmen brachte. Aber dafür war er ein anständiger Kerl, auf den man sich verlassen konnte; und schämen musste er sich für sein Äußeres wirklich nicht.

»Du musst mir helfen!«, flehte Paul.

»Helfen? Wie?«

»Geh du zu ihr. Du musst ich sein, zumindest für eine Weile.«

Alf sah Paul entgeistert an. »Das ist nicht dein Ernst!«

Es war Pauls Ernst.

Unterdessen saß Natascha Petrova in Kunzes Büro. Der Pförtner hatte mehrmals vergeblich versucht, Paul in seinem Büro und über sein Handy zu erreichen. Nach anfänglichem betretenem Schweigen kam er mit Natascha ins Gespräch und erfuhr dabei, dass sie am Baikalsee lebte. »Mein Mann und ich …«, wollte sie fortfahren, brach den Satz dann aber ab.

»Sind Sie verheiratet?«, fragte Kunze gleich.

Natascha errötete, druckste herum und entging einer Antwort, denn in diesem Moment fuhr ein Taxi an den Schlagbaum heran. Ewald trat hinaus, um seine Pflicht zu erfüllen, blieb jedoch wie erstarrt stehen, als er sah, wer dem Wagen entstieg: Stefan Gronewoldt, in einem feinen Anzug und mit Aktentasche in der Hand. Nachdem er den Pförtner freundlich begrüßt hatte, schritt er, strotzend vor Selbstbewusstsein, in Richtung Villa davon.

Ewald brauchte noch einen Moment, bis er sich aus seiner Erstarrung löste, sich seiner Pflicht entsann und zum Telefon eilen wollte. Als er sich umwandte, erblickte er Natascha, die mit ihrem Koffer in der Hand aus dem Pförtnerbüro getreten war, offenbar unentschlossen, ob sie gehen oder bleiben sollte. Da veränderte sich ihr Blick: »Paul«, sagte sie mit einem Lächeln, das zitterte wie ein Halm im Wind.

Kunze wandte sich um: Alf Benrath kam heran, räusperte sich, bedeutete dem Pförtner durch ein verstecktes Zeichen, er solle schweigen, und sagte: »Ja ... Paul ... Paul Wieland.« Nachdem er Natascha reichlich steif begrüßt hatte, ging er mit ihr davon.

Was hat das nur wieder zu bedeuten?, fragte Kunze sich, entsann sich dann aber seiner eigentlichen Absicht und rief in der Villa an, um Stefan Gronewoldts Eintreffen anzukündigen.

Stefan hatte den Zeitpunkt für seinen Antrittsbesuch gut gewählt, denn im Besprechungszimmer waren die anderen Hauptaktionäre versammelt; August war durch Birgit vertreten. Kunzes Anruf hatte alle vorgewarnt; als Stefan den Raum betrat, traf er auf eine Mauer des Schweigens. Damit war zu rechnen gewesen. Und er konnte sich nicht erinnern, in einer übernommenen Firma jemals freundlich empfangen worden zu sein. Sein Blick streifte Lena. In ihren Augen fand er die gleiche Kälte, die auch von den anderen ausging.

Nachdem bekannt geworden war, dass Stefan die

Aktienmehrheit übernommen hatte, war Lena mehrere Tage nicht in der Firma erschienen. Wozu auch? Jetzt war nicht die Zeit für neue Entwürfe und Designs, sondern für die spitzen Bleistifte der Finanzstrategen und Sanierer. Außerdem hatte sie ein schlechtes Gewissen. Weil sie Aktien verkauft hatte, um Max den Kredit vorzeitig zurückzuzahlen, brachten sie keine eigene Mehrheit mehr zusammen und waren darum anfällig für die Übernahme geworden. Doch dann hatte sie sich entschieden, nicht kampflos das Feld zu räumen; das war sie den Mitarbeitern schuldig.

»Ich kann Ihre Ablehnung verstehen«, begann Stefan, »aber Tatsache ist nun einmal, dass ich die absolute Mehrheit der Aktien besitze. Im Übrigen ist Ihr Misstrauen unbegründet, denn wir haben das gleiche Ziel: die *ACF* wieder dorthin zu bringen, wo sie einmal war und wo sie auch hingehört. Dazu werden einige Maßnahmen erforderlich sein, von denen manche wehtun. Aber der Erfolg wird uns Recht geben.«

»Sie sprechen von Entlassungen?«, fragte Roland und sprach damit aus, was alle dachten.

»Nur, wenn es unvermeidlich ist.«

Lena beobachtete ihn genau; die Selbstherrlichkeit, mit der er sich hier präsentierte, behagte ihr überhaupt nicht. Wie hätte sie auch ahnen können, dass er mindestens genauso angespannt war wie alle anderen im Raum, denn auch für ihn ging es um alles oder nichts. Immerhin hoffte sie, dass er nun endlich seine Karten aufdecken würde. »Warum wir?«, fragte sie darum in die Stille hinein, die nach seinen letzten Worten entstanden war.

»Meine Gründe sind völlig unwichtig«, entgegnete er. »Entscheidend für Sie sollte sein, dass wir den Aktienkurs deutlich verbessern.«

Die Falte zwischen Lenas Brauen vertiefte sich. »Das genügt mir aber nicht«, versetzte sie.

»Sollte es aber.« Er maß sie mit einem kühlen Blick. »Die Aktionäre haben Ihnen viel Geld anvertraut, damit Sie es vermehren. Sie allerdings haben es in den letzten Monaten vernichtet.«

So ungern Lena es sich eingestand: Er hatte Recht. Dennoch fiel es ihr schwer, sich dem Diktat des Geldes bedingungslos unterzuordnen. Und schon gar nicht dem eines Stefan Gronewoldt, der einfach aus dem Nichts hier auftauchte und alles an sich riss. Es hielt sie nicht länger auf ihrem Stuhl; sie fuhr hoch, sah Stefan herausfordernd an und sagte: »Wir mögen nicht so effizient sein wie *Capeitron*. Aber dafür können wir morgens in den Spiegel schauen.«

Stefan machte einen Schritt auf sie zu. Es schadete zwar niemandem hier im Raum, sich die eine oder andere unliebsame Wahrheit anzuhören, doch er wollte die Konfrontation eigentlich nicht. Deshalb schlug er einen versöhnlicheren Ton an: »Können wir nicht einfach von vorne anfangen?«

»Dazu müssten Sie die Zeit zurückdrehen«, antwortete Lena, »und das schaffen nicht einmal Sie.« Damit wandte sie sich ab und verließ das Besprechungszimmer.

Stefans Blick verharrte auf der Tür, bis auch ihre Schritte im Flur und auf der Treppe verklungen waren. Das war völlig danebengegangen. Dabei brauchte er

Lena, sie war der Schlüssel zum Erfolg. Ohne sie war alles verloren.

Er wandte sich den anderen zu. Nach Lenas Abgang waren ihre Mienen noch ablehnender; eisiges Schweigen erfüllte den Raum, bis Wilhelm die Stimme erhob. Schon die ganze Zeit hatte er tiefen Widerwillen empfunden gegen dieses, wie er fand, unwürdige Schauspiel. Nicht zum ersten Mal in ihrer mehr als hundertfünfzigjährigen Geschichte war die Firma angeschlagen; doch wie schwer die Zeiten auch gewesen waren, stets hatte ein Althofer das Ruder in der Hand gehabt. Dass dies jetzt anders sein sollte, wollte Wilhelm nicht in den Kopf. Und er kannte Stefans Schwachstelle genau: Über Stoffe und Mode wusste er nichts. »Ohne uns haben Sie keine Chance«, sagte Wilhelm und erhob sich.

»Wir waren uns doch auch über das Ziel einig«, entgegnete Stefan.

»Der Weg ist das Ziel, Herr Gronewoldt. Und so lange wir uns über den Weg nicht einig sind, geht keiner von uns mit.«

Wilhelm schaute in die Runde; seine Söhne erhoben sich ebenfalls. Nur Birgit blieb sitzen. Auch als Roland sie dazu aufforderte, bewegte sie sich nicht. »Mein Vater hat sein gesamtes Vermögen in diese Firma investiert«, erklärte sie. »Das will ich nicht verlieren.«

Roland wollte etwas sagen, doch Wilhelm bedeutete ihm mit einem Blick, er solle schweigen. »Wenn Sie verhandeln wollen, wissen Sie ja, wo Sie mich finden«, sagte Wilhelm noch, dann zogen die Althofers ab.

»Und wie geht's jetzt weiter?«, fragte Birgit.

Stefan war nicht der Typ, der die Flinte nach einem Rückschlag gleich ins Korn warf. Er war ja nicht so naiv gewesen zu glauben, die Übernahme der Firma würde reibungslos verlaufen. Am Ende aber, dessen war er gewiss, würden die Althofers kooperieren, einfach weil sie keine andere Wahl hatten, wenn sie die ACF nicht gegen die Wand fahren wollten.

»Jetzt lernt die Belegschaft erst einmal ihren neuen Chef kennen«, erklärte Stefan, nur scheinbar gelassen. »Begleiten Sie mich auf meinem Rundgang?«

Birgit erhob sich. Sie würde jeden Weg mit ihm gehen, wenn der sie nur zu ihrem Ziel brachte: das Geld ihres Vaters zu erhalten und am besten noch zu vermehren. Denn das war sie ihm schuldig, nach all dem, was er für sie getan hatte.

Nach ihrem Abgang in der Villa hatte Lena sich in ihr Studio zurückgezogen. An kreative Arbeit war jedoch nicht zu denken. Stumpf vor sich hinbrütend saß sie da, und die Erinnerung an die dramatischen Ereignisse der letzten Wochen lag wie ein Albtraum auf ihr. Und dabei meldete sich immer wieder das nagende Gewissen zu Wort und flüsterte ihr zu, sie trage eine Mitschuld an der Entwicklung. Konnte sie sich da so einfach verweigern? Oder war sie im Gegenteil sogar dazu verpflichtet?

Das Telefon klingelte. Lena hatte eigentlich keine Lust abzunehmen, tat es dann aber doch. Sprachlos vor Staunen vernahm sie, wie der Chefdesigner eines der größten Modehäuser der Welt ihr anbot, bei ihnen eine eigene Linie herauszubringen. Lena bat sich Bedenkzeit aus, was den Mann ein wenig pikierte. »Entscheiden Sie sich schnell«, drängte er, »wir müssen unsere Planungen bald abschließen.«

Lena legte auf. Erst jetzt merkte sie, dass ihre Hände zitterten. Das musste sie erst verdauen. Was für ein Zufall, dass dieses Angebot ausgerechnet jetzt kam! Plötzlich fühlte sie sich hier nicht mehr wohl; sie brauchte Abstand, innerlich und äußerlich.

Als sie ihr Studio gerade verlassen wollte, kam Wilhelm herein. Er hatte sich mit seinen Söhnen beraten und sie waren sich darin einig, dass ihre Position nicht so schlecht war, wie es schien. Stefan war schließlich auf sie angewiesen, und vor allem auf Lena: »Du darfst uns nicht im Stich lassen«, beschwor Wilhelm seine Tochter.

Da erzählte Lena von dem Anruf und dem verlockenden Angebot; betroffen hörte Wilhelm zu. Er wusste: Da konnte *Althofer* nicht mithalten, schon gar nicht in einer Situation wie dieser. Und trotz ihrer herausragenden Qualitäten als Designerin würde Lena eine solche Offerte wohl kein zweites Mal in ihrem Leben erhalten. »Was wirst du tun?«, fragte er bang; Lena zuckte die Schultern.

Wilhelm sah in ihrem Gesicht, wie sehr sie sich quälte. Das tat ihm Leid. Um es ihr zumindest ein wenig leichter zu machen, nahm er sie in den Arm und sagte: »Ganz gleich, wie du dich entscheidest, Lena, es wird uns nicht trennen.«

Es tat Lena gut, das zu hören. Sie hielt sich an ihrem Vater fest. Zurzeit war hier in seinen Armen der einzige Ort, an dem sie sich geschützt und geborgen fühlte.

Katharina van den Loh stand auf der Terrasse der Familienvilla und schaute auf das Meer; Wolken trieben von der See auf das Land zu und blieben in den Gipfeln des Tafelgebirges hängen. Doch Katharinas Gedanken hielten sich nicht mit Naturbetrachtungen auf: Sie galten, wie immer, ihren Geschäften. Die Dinge entwickelten sich nicht so, wie sie gehofft hatte. Dass ihr Bruder sich die absolute Mehrheit bei *Althofer* sichern würde, war nicht vorgesehen gewesen und über die Maßen ärgerlich. Dadurch waren ihre Einflussmöglichkeiten erheblich begrenzt. Für jemanden, der es gewohnt war, nach Gutdünken zu schalten und zu walten, war diese Vorstellung schwer zu ertragen.

Ihr Mann Pierre kam aus der Villa und trat neben sie. Die Sonne, die eben noch durch eine Lücke zwischen den Wolken gelugt hatte, verschwand. Trotz der frühen Stunde hatte Pierre bereits einen ersten Cognac zu sich genommen, Katharina konnte es an seinem Atem riechen. »Und?«, fragte sie.

»Sie sagen, Frau Czerni bittet sich Bedenkzeit aus«, teilte er ihr mit.

Katharina schüttelte ungläubig und verärgert den Kopf. »Da schenkt man Aschenputtel ein Königreich und sie will es sich überlegen – ist das zu fassen?«

Katharina hatte sich inzwischen genauer über die *ACF* und die Menschen dahinter informiert; sogar um die persönlichen Verflechtungen wusste sie. Ihr Spitzel in der Firma hatte umfassend geliefert, gegen gutes Geld. Obwohl eine Aktiengesellschaft, war die *ACF* doch ein Familienbetrieb im eigentlichen Sinne geblieben. Katharina fand das gleichermaßen rührend und lächerlich altmodisch. Allerdings glaubte sie fest an die Bedeutung von Führungspersönlichkeiten; und Lena Czerni war eine solche Führungspersönlichkeit. Katharina war sofort klar geworden: Bei Lena musste sie ansetzen, wenn sie die Firma und damit ihren Bruder zu Fall bringen wollte.

Pierre van den Loh ertrug das nachdenkliche Schweigen seiner Frau nur schwer, denn er wusste, dass es von einer unguten Stimmung in ihr zeugte. In seiner Kehle spürte er ein Brennen, das nach einem weiteren Cognac verlangte. Nervös wischte er sich mit Daumen und Zeigefingerspitze über seinen Oberlippenbart.

»Dieser Roemer hat alles verpfuscht«, sagte er. »Hätte er uns die Anteile besorgt, hätten wir jetzt nicht diese Schwierigkeiten.«

»Er hat es nicht verpfuscht«, versetzte Katharina. »Er hat die Anteile, die er für uns besorgt hat, meinem Bruder gegeben, weil er *Althofer* schützen wollte. Ich hätte ihm nicht sagen dürfen, dass ich die Firma zerstören will.«

Sie wusste mittlerweile natürlich auch, wem Max Roemers Loyalität vor allem galt: Lena Czerni; es lief immer wieder auf sie hinaus. Diese Frau musste etwas besitzen, worum sie zu beneiden war. Doch selbst sie war nur ein Mensch, und jeder Mensch war käuflich. Manche hatten nur einen besonders hohen Preis und Katharina machte sich nichts vor: Lena Czerni würde einen verdammt hohen Preis haben. Dass sie erst überlegen musste, ehe sie ein so einmaliges Angebot annahm, bestätigte dies. Aber wenn sie nicht dumm war, dann würde sie am Ende doch zugreifen.

Paul wollte die Mittagspause nutzen, um ein paar Sachen einzukaufen. Alf hatte ihn, noch immer in seiner Rolle als Paul Wieland, mit Natascha bekannt gemacht: »Das ist mein Kollege Alf Benrath«, hatte er gesagt und sich geräuspert. Da Paul Natascha nicht in ein Hotel schicken wollte, hatte er ihr sein Wohnmobil, das noch immer auf dem Pausenplatz am Kanal stand, angeboten – angeblich, weil das praktischer war als ein Hotelzimmer. In Wirklichkeit war er einfach zu knauserig.

Paul wollte ungesehen an Ewald Kunze vorbeihuschen, doch der stand ausgerechnet jetzt in der Tür seines Büros und hielt ihn an. Wenn er schon diesen unwürdigen Rollentausch zwischen Paul und Alf decken sollte, wollte er wenigstens wissen, was gespielt wurde. Paul druckste ein wenig herum, sprach von einem Missverständnis, das sich bald aufklären würde, und wollte schon weiter.

»Du machst mir Spaß«, sagte Kunze vorwurfsvoll. »Deinetwegen lässt die Frau ihren Mann am Baikalsee zurück und du –«

Paul war schon zwei Schritte weiter gegangen, da blieb er wie vom Donner gerührt stehen. Er wandte sich um und sprang auf Kunze zu. »Ihr Mann? Hast du *ihr Mann* gesagt? Sie ist ... verheiratet?«

Kunze zuckte die Schultern. »Hat sie jedenfalls gesagt.«

Damit war Paul ordentlich bedient. Und er hatte ein schlechtes Gewissen gehabt, weil er ein falsches Foto geschickt hatte! Einen Moment überlegte er, ob er den Schwindel nicht sofort auffliegen lassen und Natascha postwendend nach Russland zurückschicken sollte. Lust dazu hatte er schon; allerdings fehlte ihm der Mut. Deshalb setzte er seinen Weg fort, um zunächst die geplanten Besorgungen zu machen.

Unterdessen leistete Alf Natascha Gesellschaft. Sie saßen auf Campingstühlen vor dem Wohnmobil und tranken Sekt, den Alf im Kühlschrank des Wohnmobils gefunden und zur Feier des Tages geöffnet hatte. Er mochte Natascha. Sie hatte es nicht verdient, dass man ihr eine solche Schmierenkomödie vorspielte.

»Deine Briefe waren so wunderbar«, sagte Natascha nach einer Weile, »gerade weil sie einfach waren. Du bist ein guter Mensch. Aber ich war nicht ganz ehrlich. Ich muss dir etwas gestehen.«

»Lass uns morgen reden«, fiel Alf ihr ins Wort. Ein wenig Konversation machte er mit Natascha gerne, doch auf Vertraulichkeiten, die eigentlich Paul galten, konnte er gerne verzichten. Er fühlte sich darum zunehmend unwohl in seiner Haut und hielt verzweifelt Ausschau nach Paul. Zum Glück kam der auch schon hinter der Fertigungshalle hervor, mit zwei prall gefüllten Einkaufstüten und einem Gesicht, als wolle er gleich einen Mord begehen.

Natascha schien Luft für ihn zu sein. Dafür schnauzte er Alf an, wieso er hier die ganze Zeit vertrödele, während in den Hallen eine Menge Arbeit wartete. Alf konnte sich nicht erklären, was plötzlich in ihn gefahren war, aber er nutzte die Gelegenheit, um sich zu verdrücken.

Im Wohnmobil leerte Paul den Inhalt seiner Tüten in den Kühlschrank und in die Schränkchen. Er hatte viel zu viel eingekauft, das würde für mehrere Tage reichen. Dabei würde Natascha nur eine Nacht bleiben.

»Sie sind ein Freund von Paul?«, fragte Natascha da.

Paul wandte sich nur halb zu ihr um. Sie stand in der Tür und sah ihn auf eine äußerst merkwürdige Weise an. »Ich kenne Paul ganz gut«, sagte er, den Blick gleich wieder abwendend.

»Und wie ist er so?«

»Warum fragst du?«

»Er ist so anders als in seinen Briefen.«

Paul sah sie an; seine Laune war so ziemlich auf dem Tiefpunkt angekommen. Was wollte sie denn? War sie noch nicht einmal mit einem wie Alf zufrieden, der nun wirklich gut aussah, Humor hatte und einfach ein feiner Kerl war? Oder war er ihr vielleicht zu nett, zu schön, zu klug? Suchte sie eher einen Dummen wie ihn, der so leicht keine andere Frau fand? Zorn und Enttäuschung wurden so groß, dass Paul sich schließlich nicht mehr beherrschen konnte:

»Ist Paul Ihnen nicht einfältig genug?«, fuhr er sie barsch an. »Suchen Sie einen, der blöd genug ist, auf die große Liebe hereinzufallen? Versteh' schon, wie das läuft. Wenn man den passenden Tölpel gefunden hat, wird geschrieben, wie nett man ihn findet und dass man sich vorstellen könnte, hier zu leben, vielleicht sogar zu heiraten. Und wenn er darauf reinfällt, dann taucht man einfach hier auf, damit er nicht mehr zurückkann. Was willst du denn eigentlich, Nadescha? Geht es um Geld? Oder um eine Aufenthaltserlaubnis? Was?«

Mit wachsendem Staunen hatte Natascha der leidenschaftlich vorgetragenen Predigt zugehört. Was erzürnte diesen Mann so? Erst als er sie Nadescha nannte, dämmerte ihr, was dahinter steckte: Paul hatte sie in seinen Briefen immer so genannt, nachdem sie ihm geschrieben hatte, so werde sie von all ihren Freunden genannt. Und der Paul, der ihr geschrieben hatte, hätte ihre Briefe niemals einem anderen gezeigt. Also konnte es nur eine Lösung geben: »Du bist Paul!«

Paul antwortete nicht. Brauchte er auch nicht, denn sein betretener Blick und die Röte in seinem Gesicht waren Antwort genug. »Meinetwegen«, sagte er, »ich habe dir ein falsches Foto geschickt. Aber du hast mir ein falsches Leben vorgespielt.«

Damit verließ er das Wohnmobil und stapfte davon.

Natascha zögerte einen Moment. Woher nur wusste er von ihrem Mann? Da fiel es ihr wieder ein: vom Pförtner natürlich. Sie lief Paul nach, hielt ihn fest und versicherte ihm, ihre Ehe sei gescheitert und vorbei; sie sei frei, so wie sie es geschrieben habe, auch wenn ihr Ex-Mann das nicht wahrhaben wolle. Paul sah sie mit einem kalten Blick an, schüttelte sie ab und ging weiter.

Auch bei den Mitarbeitern war Stefan Gronewoldt auf Zurückhaltung gestoßen, jedoch beileibe nicht auf dieses Ausmaß von Ablehnung, mit dem die Geschäftsleitung ihm entgegengetreten war. Da Lena die Firma offenbar verlassen hatte, fand Stefan sich am Ende seines Rundgangs bei Wilfried Holzknecht ein und ließ sich die aktuellen Zahlen zeigen.

Wilfried beurteilte die Situation nüchterner als die Althofers; immerhin hatte Stefan erklärt, er wolle die Firma nicht zerschlagen, sondern im Gegenteil wieder auf Erfolgskurs bringen. »Ich hoffe, Sie haben genug Geld mitgebracht, um das Schiff wieder flott zu machen«, sagte er nun zu seinem neuen Chef, der in den ihm vorgelegten Unterlagen blätterte.

»Keinen Cent«, entgegnete er beiläufig und ohne aufzublicken. »Wir müssen es aus eigener Kraft schaffen.«

Wilfried sah ihn erstaunt an. Was hatte das zu bedeuten? Stefan hatte einen riesigen Elektronik-Konzern im Rücken, brachte aber kein Kapital mit? Dabei war es gerade das, was *Althofer* zur Zeit am dringendsten brauchte. War die Firma etwa nur das Spielzeug für einen verwöhnten, reichen Jungen, der sich oder wem auch immer etwas beweisen wollte? Er kannte diesen Schlag von Menschen: Wenn das Spielzeug zu Bruch ging, war es auch nicht so schlimm, dann suchte man sich eben ein anderes. Diese Vorstellung erzürnte Wilfried.

Stefan schob die Unterlagen weg und blickte auf. Er hatte nicht vor, sich in die Karten schauen zu lassen, schon gar nicht von Leuten, die ihm misstrauten und ihr Wissen womöglich gegen ihn verwenden würden. Ohne ein weiteres Wort erhob er sich, drehte sich an der Tür aber nochmal um. »Wenn Sie noch keine *ACF*-Aktien haben, dann sollten sie jetzt zuschlagen«, meinte er mit einem Lächeln. »Der Kurs wird nämlich schon bald in die Höhe schnellen.«

Damit verließ Stefan die Verwaltung. Für den Moment gab es in der Firma nichts mehr zu regeln. Bis auf eines: Er hatte die letzten Nächte in einem Hotel in Augsburg verbracht. Er konnte sich jedoch gut vorstellen, wieder in Paul Wielands Wohnmobil einzuziehen. Deshalb suchte er den Fertigungsleiter auf; Paul wunderte sich zuerst zwar, hatte aber nichts dagegen einzuwenden. »Allerdings können Sie erst morgen einziehen«, fügte er hinzu. »Heute übernachtet dort schon jemand.«

Mit dem Taxi fuhr Stefan in die Stadt. Gegenüber den Mitarbeitern hatte er den Mund ziemlich voll genommen und von sicherem Erfolg gesprochen, wenn jeder alles gab. Doch seine Rechnung würde nicht aufgehen, wenn Lena die Firma verlassen sollte; ihre Kreativität war der Schlüssel zum Erfolg. Deshalb durfte er nichts unversucht lassen, um sie zu halten. Und er hatte auch schon eine Idee, was sie umstimmen könnte.

Das Taxi hielt vor Lenas Haus; Stefan bat den Fahrer zu warten. Wenig später stand er vor der Wohnungstür und klingelte. Sein Herz schlug heftig. Dann ging die Tür auf und Lena stand vor ihm. Sie war unverkennbar ziemlich überrascht, ihn zu sehen. »Ich will nur fünfzehn Minuten«, sagte er. »Bitte!«

Lena überlegte kurz und entschied sich schließlich, ihn anzuhören. »Fünfzehn Minuten und keine Sekunde mehr!«

Sie hatte gerade mit Antonia zu Abend gegessen. Als Stefan nun eintrat, wollte diese nicht stören und zog sich in ihr Zimmer zurück. Kaum war die Tür hinter ihr zugegangen, sagte Stefan: »Helfen Sie mir, die

ACF-Aktie auf fünfunddreißig Euro zu bringen. Danach sorge ich dafür, dass Sie die Mehrheit bekommen und Sie sehen mich hier nie wieder.«

Lena sah ihn ungläubig an. Was sollte das jetzt schon wieder bedeuten? Meinte er das ernst? Oder wollte er einfach nur ihre Mitarbeit, weil er es ohne sie nicht schaffte?

Stefan las die Zweifel in ihrem Gesicht. »Wir können diese Vereinbarung gerne schriftlich fixieren«, schlug er vor.

Es war ihm also ernst. »Warum?«, fragte sie nur.

»Der Grund geht nur mich etwas an.«

Lena dachte einen Moment nach. Das Angebot war verlockend: Sollte er ihr später wirklich seine Anteile überschreiben, hatte sie zusammen mit ihren eigenen Anteilen praktisch die Alleinherrschaft über die Firma. Aber was war der Preis dafür? Sie konnte es sich vorstellen.

»Dafür soll ich meinen Mund halten, wenn Sie Mitarbeiter entlassen und billig im Ausland produzieren«, sagte sie. »Anders kriegen Sie den Kurs nämlich niemals auf diese Höhe. Nein danke, ohne mich.«

Sie ging zur Tür und gab ihm damit zu verstehen, dass er gehen solle. Doch Stefan wollte nicht; er brauchte sie. »Alleine schaffe ich es nicht«, gab er zu. »Ich weiß, wie man eine Firma führt, aber ich habe keine Ahnung von Mode.«

Schweigend sah Lena ihn an; zu gerne hätte sie ihm vertraut. Und seinem Angebot war schwer zu widerstehen. Aber was, wenn er sie wieder belog? Wenn sie ihm dabei half, die Firma zu zerstören, statt sie zu retten? »Ich werde darüber nachdenken«, versprach sie schließlich.

Stefan atmete erleichtert auf. Das war zumindest etwas. Er dankte ihr und ging.

Als Stefan Gronewoldt am nächsten Morgen mit dem Taxi in die Firma fuhr, wusste er, dass dieser Tag über sein Leben entscheiden würde. Birgit war seine einzige Verbündete. Was würden die anderen tun? Würden sie das Angebot zur Zusammenarbeit annehmen und in die Villa kommen?

An der Pforte stieg Stefan aus, nahm sein Gepäck und brachte es zum Wohnmobil am Kanal; Natascha packte gerade. Stefan bemerkte, dass sie geweint hatte. »Was ist denn mit Ihnen?«, fragte er. Sie erzählte ihm alles, was sie bedrückte: von ihrem geschiedenen Mann, der sie nun wieder tyrannisieren werde, davon, dass ihr Ex-Mann krankhaft eifersüchtig sei und sie auch jetzt noch schlage, zuletzt als er Pauls Briefe bei ihr gefunden habe. Sie erklärte, Paul sei zwar nicht ihre große Liebe, aber sie möge ihn sehr. »… und wer weiß«, fügte sie hoffnungsvoll hinzu.

Stefan bat sie, noch zu bleiben. Er suchte Paul und berichtete ihm alles, was Natascha ihm erzählt hatte; betroffen hörte Paul zu. Er schämte sich, dass er Natascha verurteilt hatte, ohne ihre ganze Geschichte zu kennen. Und sie zu einem Mann zurückzuschicken, der sie schlug, das konnte er unter keinen Umständen verantworten. »Gehen Sie schon und bringen Sie das in Ordnung«, sagte Stefan. »Aber die Zeit arbeiten Sie nach, klar?«

Während Stefan sich zur Villa begab, lief Paul zu seinem Wohnmobil. Natascha saß davor auf ihrem Koffer und erhob sich, als sie ihn kommen sah.

»Ich war so dumm, Natascha«, sagte er. »Es ist nur ... als ich deine Briefe las und dein Bild sah ... da hab ich mich in dich verliebt. Und ich dachte, so wie ich aussehe, willst du mich bestimmt nicht haben.«

»Ich will dich haben«, sagte Natascha, »genauso wie du bist.«

Dann küsste sie ihn auf die Wange. Paul errötete – und war glücklich.

Unterdessen betrat Stefan die Villa; Birgit erwartete ihn schon im Konferenzzimmer. Er fragte sie, ob sie etwas bei den anderen erreicht habe, doch sie zuckte nur die Schultern. »Ist schon jemand da?«, fragte er.

»Noch nicht.«

Stefan trat ans Fenster und beobachtete die Pforte. Er musste nicht lange warten, bis Wilhelm und seine Söhne nacheinander eintrafen. Doch sie fuhren nicht zur Villa, sondern in die Verwaltung. Immerhin, sie waren da.

Wortlos, nur mit einem Nicken, begrüßte Wilhelm seine Söhne vor dem Eingang zum Verwaltungsgebäude. Keiner von den dreien hatte in der letzten Nacht ein Auge zugetan. Schweigend begaben sie sich in Wilhelms Büro.

»Hat Lena sich schon entschieden?«, fragte Felix dort.

Wilhelm schüttelte den Kopf.

»Was tun wir, wenn sie das Angebot annimmt und uns verlässt?«

»Dann müssen wir eben zu dritt weitermachen«, meinte Wilhelm entschlossen.

Roland räusperte sich; am Abend zuvor hatte Manuela ihn angerufen, um ihm ebenfalls ein Angebot zu machen: »*Merkentaler & Ande* bieten mir an, die Auslandsabteilung zu übernehmen«, sagte er in die nach Wilhelms Worten entstandene Stille hinein.

Wilhelm und Felix sahen ihn überrascht an.

»Es ist vorbei, Vater«, sagte Roland. »Wir sind nur noch Teil eines Konzerns; mit uns hat das nichts mehr zu tun.«

»*Althofer* hat seine Seele verloren«, pflichtete Felix bei. Er legte seinem Vater die Hand an die Schulter. »Lass los, Vater. Ich habe es längst getan.«

Wilhelm entwand sich der Berührung und trat ans Fenster. Nein, so leicht konnte er sich nicht von dem trennen, was einen großen Teil seines Lebens ausgemacht hatte und noch immer ausmachte. »Solange hier Menschen arbeiten, hat diese Firma eine Seele«, sagte er.

»Sie werden es auch ohne uns tun«, entgegnete Felix. »Was mich angeht, für mich zählt im Moment nur eins: Ich habe eine Frau und eine Tochter. Und zu denen werde ich jetzt gehen.«

Felix schritt zur Tür. Wilhelm rief ihm nach und wollte ihn halten, doch es half nichts; Felix hörte nicht. Wenig später war er fort.

Wilhelm wandte sich Roland zu. »Und du?«, fragte er. »Was tust du?«

Roland ging ans Fenster und schaute hinaus. Er wusste nicht, wie er sich entscheiden sollte; so vieles hing an der Firma. Er hatte die Arbeit hier immer geliebt. Aber war es noch dieselbe Firma?

Da sah er ein Auto zur Villa fahren, das er nur zu gut kannte. »Vater!«, rief er aus.

Wilhelm blickte auf. »Was ist?«

»Lena!«

Mit gemischten Gefühlen betrat Lena die Villa. Fast die ganze Nacht hatte sie wach gelegen und sich wieder und wieder alles durch den Kopf gehen lassen. Doch sie war davon nicht klüger geworden. Am Morgen hatte sie sich entschieden, alle Argumente, die sie nun so lange hin und her gewälzt hatte, beiseite zu lassen und nur ihrem Gefühl zu vertrauen; genau deshalb war sie hier.

Als Lena das Besprechungszimmer betrat, war Stefan die Erleichterung anzusehen; auch Birgit lächelte erfreut. Lena blieb zuerst an der Tür stehen und sah Stefan einen Moment schweigend an, ehe sie sagte: »Was die Modelinie angeht, treffe ich alleine die Entscheidungen.«

Stefan nickte. »Einverstanden.« Er streckte ihr die Hand hin; Lena zögerte noch eine letzte Sekunde, dann schlug sie ein.

Im Treppenhaus waren Schritte zu hören. Wenig später kamen Wilhelm und Roland herein.

»Was ist mit Felix?«, fragte Birgit.

Roland sah sie an und schüttelte den Kopf. Das war ein herber Verlust; Felix' Verkaufstalent und seine zahlreichen guten Beziehungen hatten die *ACF* schon mehrfach gerettet. Aber vielleicht würde er es sich ja doch noch überlegen.

Stefan ließ seinen Blick durch die kleine Runde schweifen. Dann hielt er Wilhelm die Hand hin. »Willkommen im Team!«

»Ein Team müssen wir erst noch werden«, erwiderte Wilhelm, ehe er die Hand des neuen Chefs ergriff.

Samt & Seide,
die Serie um Mode, Liebe und Intrigen mit einem neuen Band rund um die Augsburger Textildynastie

Band 13
Die Liebe ist ein seltsames Spiel
ISBN 3-8025-3406-9

Egmont vgs verlagsgesellschaft, Köln
www.vgs.de

Lesen Sie auch unsere anderen Samt & Seide - Romane

Band 12
Tausendmal berührt
ISBN 3-8025-3339-9

Band 11
Ein Leben für die Liebe
ISBN 3-8025-3338-0

Band 10
Die Nebenbuhlerin
ISBN 3-8025-3254-6

Band 9
Rache ist süß
ISBN 3-8025-3253-8

Egmont vgs verlagsgesellschaft, Köln
www.vgs.de

bücher

Das Magazin zum Lesen

KOSTENLOSES PROBE-EXEMPLAR JETZT ANFORDERN!

VVA Kommunikation GmbH,
Aboservice bücher,
Postfach 10 51 53, 40042 Düsseldorf
Fax: 02 11/73 57-891,
E-Mail: abo@vva.de. oder unter
www.buecher-magazin.de

- ▸ Über 200 Buchtipps je Ausgabe: kritisch und unabhängig
- ▸ Autoren privat: Interviews und Meinungen
- ▸ Bestenlisten: Neuerscheinungen und Bestseller

Überall am Kiosk und im Buchhandel!

www.buecher-magazin.de